KB089074

독고 2

독고 2

5

민 글
백승훈 그림

…어디서 본 놈 같은데?

기억 못 하나 보네.

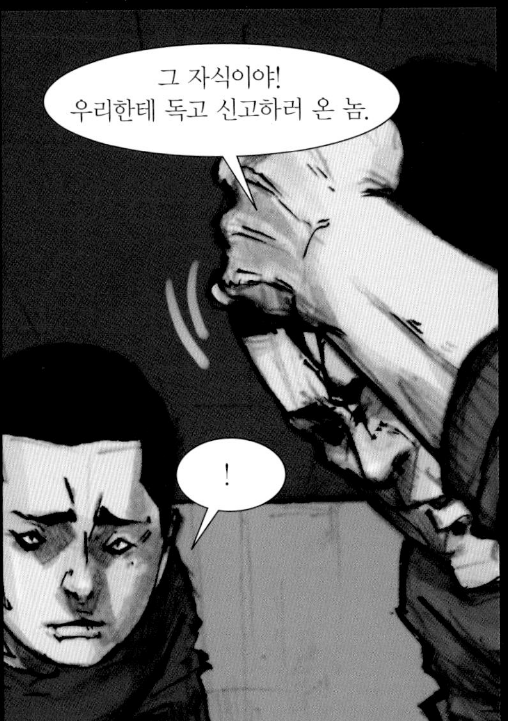
그 자식이야!
우리한테 독고 신고하러 온 놈.
!

야아… 이거 대체 뭐야?
반가들 잡혔네?

좀 치긴 하는…

부상까지 입은 몸으로?
대견해서 어떡해?
엉덩이라도 쳐줘야 하나?

넌 뭐냐?

일단 밖에 봐.

퍼억
퍼억

콰직

쩌적

퍼억
퍽
퍽

…
기집애들 싸움엔 흥미 없고
이제 너희만 남았네?

[홍진원]
테더링 쉐어해서 바로
보내드립니다. 확인하십쇼.

디동
유라
이사님. 요즘 말씀이 통 없으셔서 걱정돼요.
푸른아.
예.
지금 유라랑 약속 잡고 있는 중인데 네가 좀 가야겠다.

예?

팔은 어때?

거의 다
나은 것 같습니다.

그래. 네가 날 질투하는 걸로 하고
알아듣게 처리해.

유라가 미안해서 두 번 다시
나한테 앵겨 붙지 않게.

왜?

...

이 정도 해뒀으면 됐고.

너와의 일들 솔직하게 부모님께 말했다.
반대가 너무 심하시구나. 그것 때문에 요즘
너하고 거리를 두었던 거다. 걱정 마라.
유라야. 일단 만나서 이야기하자. 사랑한다.

쩍
퍼억
퍽
빡
콰직

퍼
엉
뭐야? 배가 찢어지기라도 했냐?
이런 거하고 싸워서 이겨도 찜찜하잖아.
그 몸뚱이면 그냥
뻗으란 말이다!

퍼억

비틀

파삭

뭐야? 나 김종일하고
제법 괜찮…

파앙

부스럭

누, 누구야?
이정표

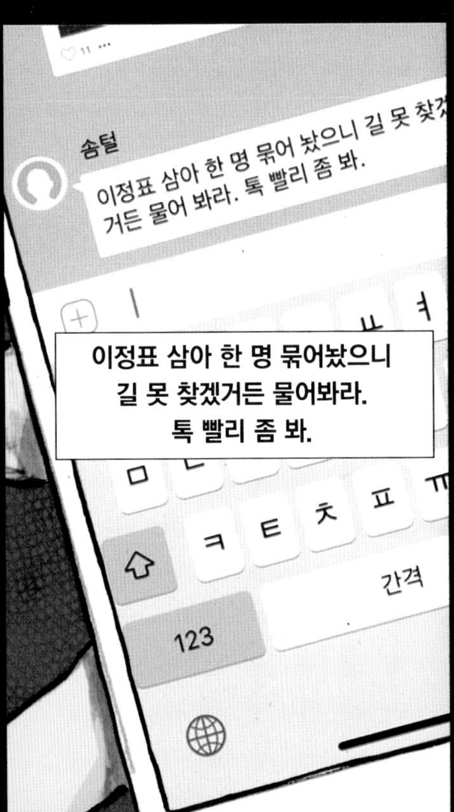
솜털
이정표 삼아 한 명 묶어 놨으니 길 못 찾겠
거든 물어 봐라. 톡 빨리 좀 봐.
이정표 삼아 한 명 묶어놨으니
길 못 찾겠거든 물어봐라.
톡 빨리 좀 봐.
간격
123

이정표

그 몸으로 고생했네.
넌 이제 아웃시켜줄게.
부웅
으앗!
뭐야?

이정표
…

!
나 빼고 노니까 재밌어?

이 개새끼는 뭐야?

나? 대통령배 고등부
청장급 장사.

표태진이다!

예. 정말 세상이 무섭군요. 요즘 우리 학교 아이들이 분위기가 이상해서 걱정이긴 했습니다만 이렇게 사고를 칠 줄이야.

저도 교육자인데 너무 가슴이 아픕니다.

빨리 출동해서 모두 잡아들이세요. 뼈를 깎는 심정으로 신고하는 겁니다.

여보세요?

파티 중이냐? 너한테 할 이야기가 있는데 조만간 현덕고 크게 언론에 나올 것 같아.

뭔 소리야?

애들이 패싸움을 벌이고 있다네? 이런 거 학교 폭력 사안으로 뉴스 때리기 좋잖아.

야야, 안 돼. 꼰대 귀에 들어가면 나 좆 돼. 현덕고 내가 맡고 있는 건데.

그래? 어떡하지?
벌써 신고했는데.
야 이, 미친놈아!
언론은
최대한 막아봐.
아! 나랑 먼저 이야기를
했어야지! 나 또 꼰대한테
빠따 맞는단 말이야!
이번 기회에 단호한
모습을 보이면 오히려
더 신뢰 받을 거야.
단호한 모습이라니?
전부 다 자르려고.
이사회 소집해서 네가 강력하게
발언만 해줘.

오빠 무슨 일?
표정 왜 그래?
씨발. 친구라고
다 봐줬더니 이제 내 머리
위에서 놀려고 하네.
그런 건 나중에
생각하고 일단 놀아요. 응?
연습생 몇 명 왔어.
연습생?
안녕하세요!
전무님. 써니에서
키우는 애들입니다.
거기 야쿠자가 계속
지분 사고 있다면서요?
2년 안에 넘어간다는
소문이 있던데.
야쿠자가 아니라
그냥 하루다라는
일본 투자자입니다.

지금 연습생이면
언제 데뷔하는 건데요?
아직 멀었죠.
한두 명 더
영입해서 아직은 가칭입니다만
프라데이걸이라는 이름으로
4, 5년 후 데뷔시키려고요.

쟤 괜찮네.
은진이에요. 그냥
지니라고 불러주세요.

너 이리 와. 너한텐 이거
안 줄 테니까 걱정 말고.
네. 오빠.
저 사람한테 잘 보여.
너희 데뷔 2년 빨라진다.

핑
쾅

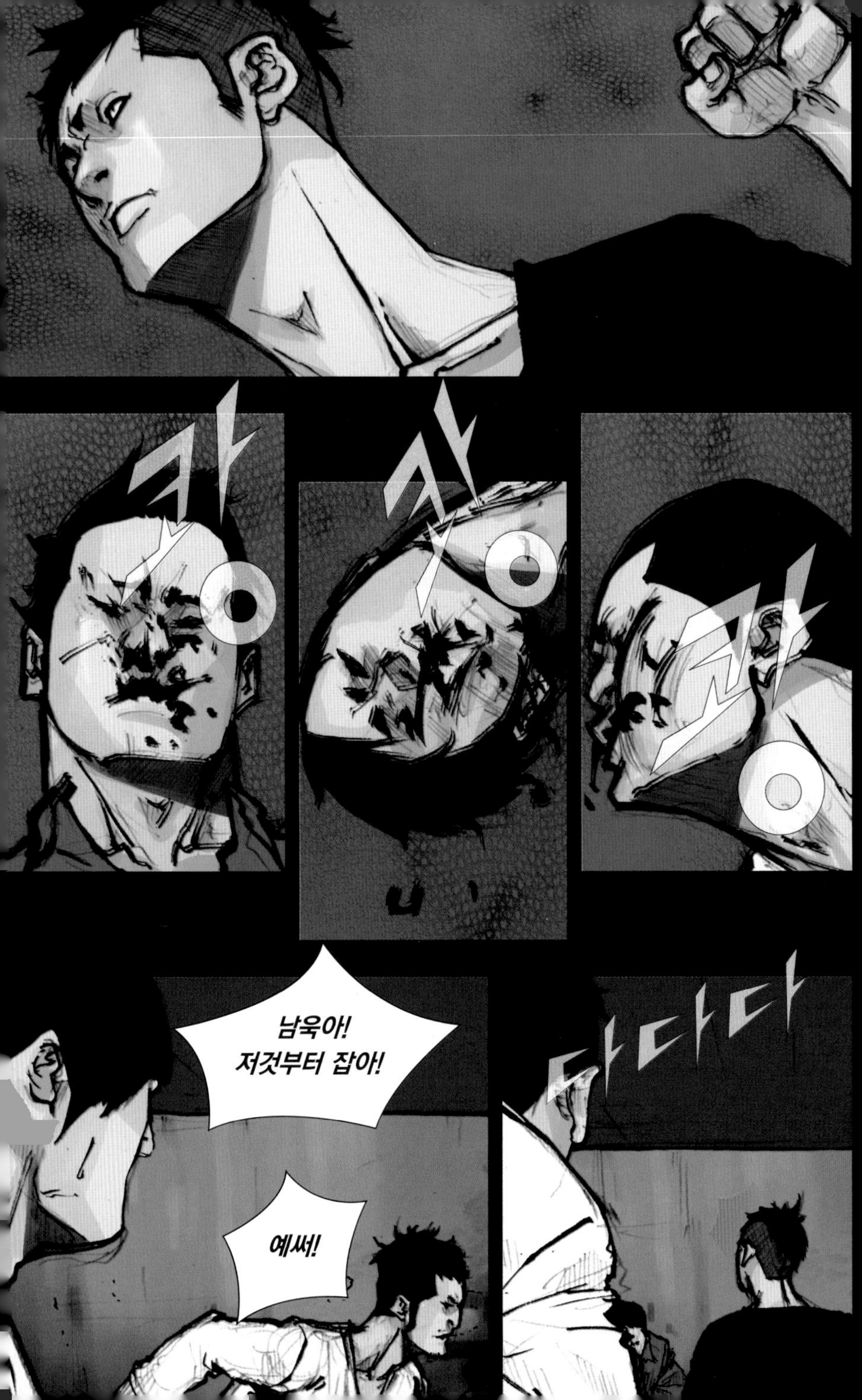
남욱아!
저것부터 잡아!
예써!
다다다

빠
악

어쭈?

싸움은 힘이 아니라
기교다.

그래?

어이!

넌 날 봐야지.

건방진 놈이!

콰직!

넌 정상이라도 나한테 안 된다.
하물며 그따위 몸으로 덤벼?
근성은 인정해주겠다만
타고난 실력 차라는 건 정신력으로
극복할 수 없는 거지.

하아… 하아…
그래서 도저히
질 것 같지가 않네.

컨셉을 허세로 잡았어?
미친년아!
콰직

이제 끝내자!
개자식아!

쉬이

퍼억

제법인데?

이제 쓰러뜨려주마!

퍼억

퍽
퍽
!
난 기교 같은 거
잘 모르겠는데?
척
휘익

꾸욱
비틀
콰앙
쿵

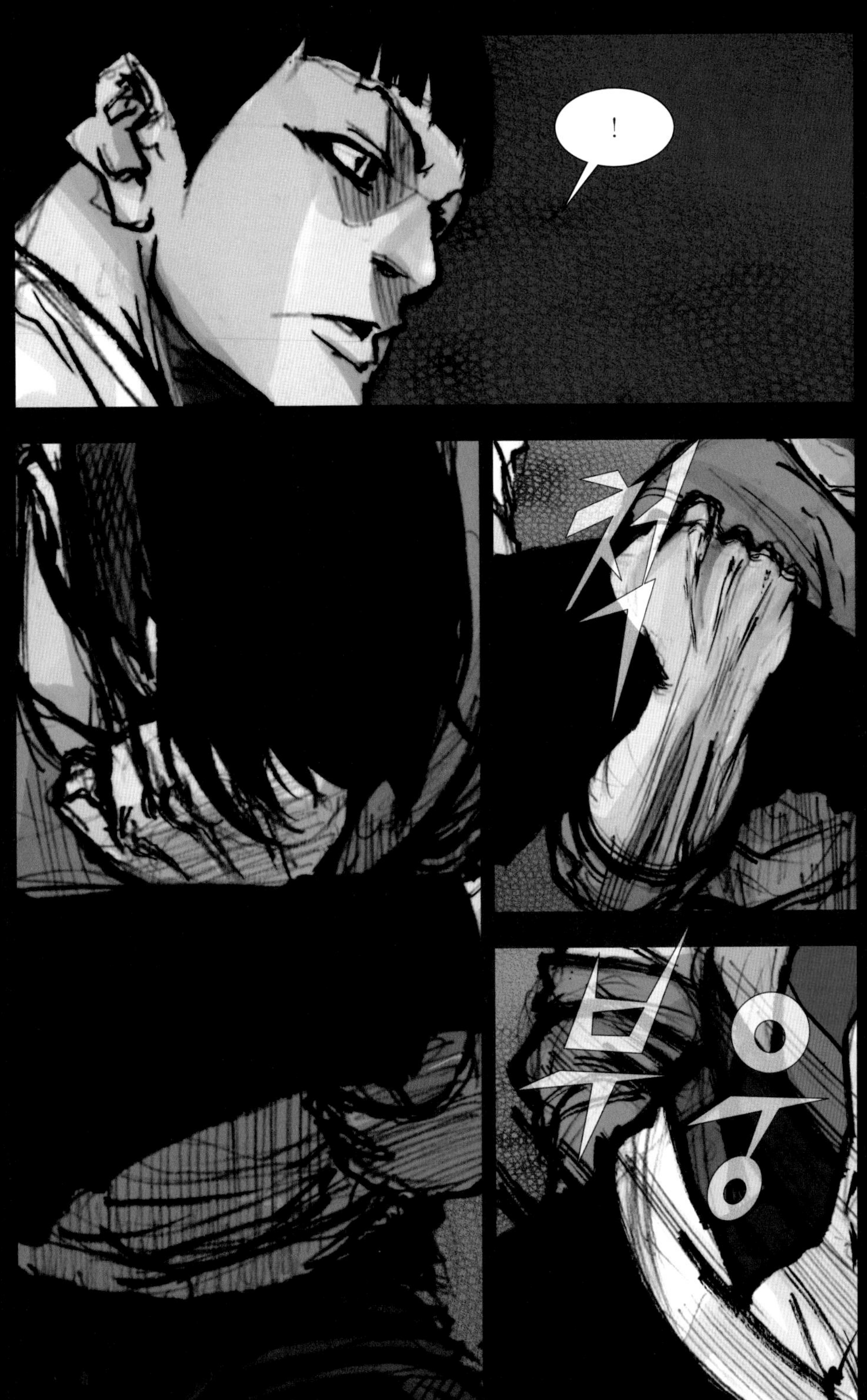

촤아악

척

야! 안 놔?
너 죽어!

끄아아아악!
아아악!

아… 담배 냄새.
이런 거 왜 펴요?
담배 아냐,
병신아. 큭큭.
에이 씨.
아무래도 안 되겠다.
오빠. 어디 가요?

끄아아아---

아악----

본환이… 재욱이…

퍼억

안 덤벼? 앙?
빨리도 도와준다!
콜록콜록…
그래도 잘 버텼네.
두 명 더 있었는데?
정상대 살아 있어요!
안 죽었다고!

찻아앗

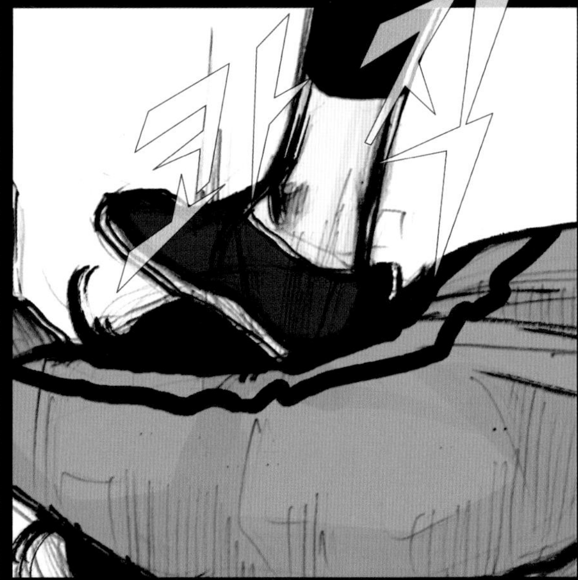

카직

쌍년이…

뭐 하고 있어! 빨리!
밟아! 밟으라고!

기천 1학년
짱 배한규다! 왜?

넌…?

아니!

애도 뭐 선택의 여지가 없어요.
찍혀 가지고. 근데…
그래? 이름이 배한규?
예.
나하고 따로
이야기 좀 하자.
겁먹지 마라.
내가 잘못 생각한 걸 수도 있으니까.
그냥 부탁 하나 하려는 거야.
부탁…이요?
네가 어디에 서든
그건 네 자유다. 다만, 만약 이 싸움이
무의미하다고 생각되는 상황이 온다면
네가 한마디만 해줬으면 해.
어, 어떤?
이제 그만하자고.
우리가 왜 이래야 하냐고.
타이밍은 네가 정해.
강요는 하지 않을 거야.

이제 그만해!

우리가 왜
이래야 하는데?

야! 너!

씨발.

퍼억

큭
보라고!
겨우 이딴 새끼 말 듣고
우리 지금 뭐 하는 거냐고!

그만하자고!
좀!
애애애앵!

애애애앵!

뭐야? 누가 신고했어?
엇!
야! 튀어! 튀어!
튀어!

야.

씨, 그거 안 하면 안 돼?
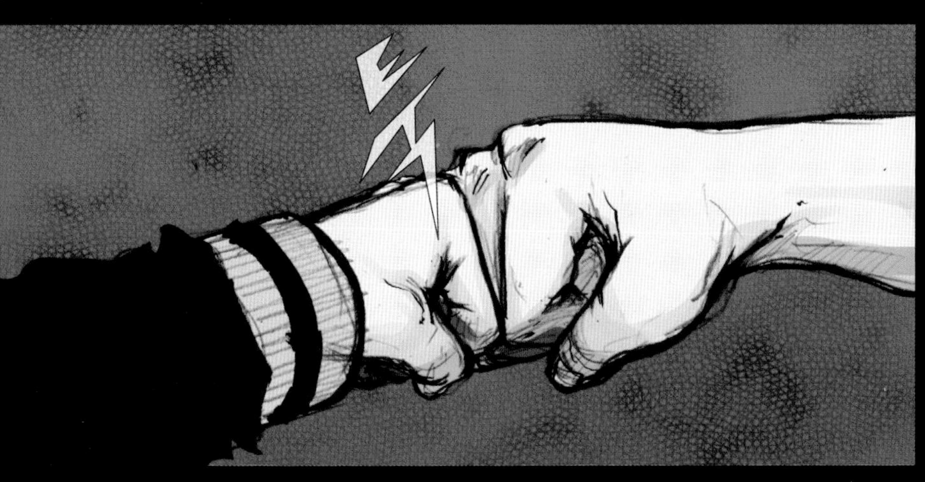

우리도 가자.

야! 강혁!

너희도 왔어?
이게! 너 왜 실력 숨기고 다녔어? 엉?

미안. 일단 가자. 경찰한테 우리도 할 말 없잖아. 근데…

둘이 언제 저렇게 됐어?

old healer
coffee

왜 이렇게 늦으셔?

이사님?

백푸…른?
아, 맞다. 너 이사님이랑
같이 살았지?
너 그날 밖에 있었지?
혹시 다 들었어?
…
야!
이사님이 기다리셔.
으…응?

따라와.
자, 잠깐만…
같이 가.

이 몸 등★장!

여기 물류센터 아닌데요..!
갹
퍽

여기가 네 집이야?

들어갈게.

괜찮나?

뭐가?
저 녀석 옆구리에 피.
저 몸으로 몇 명을 잡은 거야?

그게 혁인걸?

조강훈을 잡을 때도
모두 혁이가 진다고 했어.
이태현을 잡을 때도
너무 많이 맞아서 도저히
못 잡을 것 같았어.
이번에도 마찬가지야.
칼 맞은 몸으로 싸울 수도
없을 거라고 생각했어.
그런데 마지막에
이긴 사람은 늘 혁이야.
흠…
혁이는 모두가 질 거라고
말하는 싸움에 결국 항상 이겼어.
야야. 우리가 도와줘서
그런 거지. 혼자서 잘난 척했으면
못 이겼을 거다.
솔직히 그렇긴 하지.
이번 애들은 좀 다르긴 하더라.
현덕고 애들 엄청나던데?

그지? 혁이 혼자서는 아무것도 아니지.
역시 우리가 도와줘야…
어쩐지 잠시 훈훈하다 했다. 이 허세쟁이들아.

혁이 많이 아픈가?

짝

짝

두 번 다시
이사님한테 연락하지 마.
내가 너와
사귈 수 없으면 누구하고도
사귀지 못하게 할 거니까.
미친 새끼…
알아들은 걸로 알고 있을게.
야!

이사님한테 다 말할 거야!
이사님이 너 그냥 안 둬! 알아?
개자식아!
빅
빅
빅
이사님이!
탁

이사님
빡
너 차라리 지금 나 죽여.
그렇게는 못 하지? 넌 내가 이사님한테
한마디만 하면…
시킨 거야.
뭐?
이사님이
시킨 거라고.
개소리하고 있어?
처음부터 너하고
하루만 보낼 생각이었다고!
자꾸 달라붙으니까 나보고
떼내라고 시켰다고! 이 멍청아!
!

삑 삑 삑
삑 띠리리리
어? 진열아.
비번 안 바꿨네?
원래 네 집인데 뭘.
야! 도대체 무슨 생각인지 좀 들어나 보자.
뭐야? 그래서 달려왔어?
택시 타고 왔거든? 앉아봐.
도대체 왜 그러는 거야?
너 강혁인지 뭔지 그놈 잡으려고 그러는 거 아냐?
왜 급도 안 맞는 놈한테 신경 쓰고 있냐고?

너 열 많이 받았나 보다?
꼰대가 그렇게 무서워?
이야기를 하라고!
내가 납득하게.
녀석은 한 번 대들어서
이긴 적이 있으니까.
뭔 소리야?
그냥 월급 받고 살면서
지 새끼 태어나면 애지중지하다가
늙어서 자식들 결혼시키고 곱게
죽는 게 보통의 사람들이다.
이런 인간들은
적당히 살 수 있게 해주면
대들지를 않지.

그래서?
…
근데 가진 게 없는 놈들은 잃을 게 없으니까 가끔 대들어.
원래는 지하철비 100원 오르는 걸로, 치킨 값 1,000원 오르는 걸로 벌벌 떨면서 살아야 할 새끼들이 세상 바꿔보겠다고 작정하고 덤빈단 말이야.
대부분은 실패하지만 가끔 성공하는 놈들이 있다. 그런 경험이 쌓이면 부당하다고 생각할 때 계속 덤벼들지.
강혁은 이미 한 번 덤벼서 이긴 적이 있다.

뭐?
작년 내 동생 일 알잖아?

그래서 네가 길들이는 거냐? 작년 일로 끝났잖아.
끝나다니? 결국 맨 앞에 나서서 선동하는 한 명 때문에 귀찮은 일이 일어나는 거야.

강혁은 앞으로 계속 세상에서 귀찮은 인간으로 성장할 거다.

그냥 세상에 순종하지 못하고 부당하다고 따지는 놈!
권리 달라고 하는 놈! 계약서 다시 쓰자고 하는 놈!

하아…
그래서 내가 가르치는 거야.
넌 그 주제밖에 안 되니
순응하고 살라고.
앞으로는 고개 푹 숙이고 살라고.
안 그러면 이렇게 짓밟혀서 영원히
바닥에서 헤어나지 못할 거라고.
…
교육자니까 가르치는 거지.

크.

삐익

삐익

이 새끼…
전화 왜 안 받아?

못 들었어요. 아 참, 형사님. 서북고연 다 끝났어요. 3주 걸릴 줄 알았는데 일주일 만에…
야! 이 멍청아!

너 싸움질한 거 사진 찍혀서 신고 들어왔어. 네 친구들하고 전부 잡히게 생겼다고!

예?

[상대]
형님. 아침 뉴스 봤어요?
씨바… 우리 좆 됐어요.

아 씨. 우리가
피해자리니까!
나 손 부러진 거
안 보여요?
조용히 해!
개새끼들아.
빡
서울 도심 한복판에서 고등학생들이
조폭 영화에서나 볼 것 같은
패싸움을 벌였습니다. 조남걸 기자.

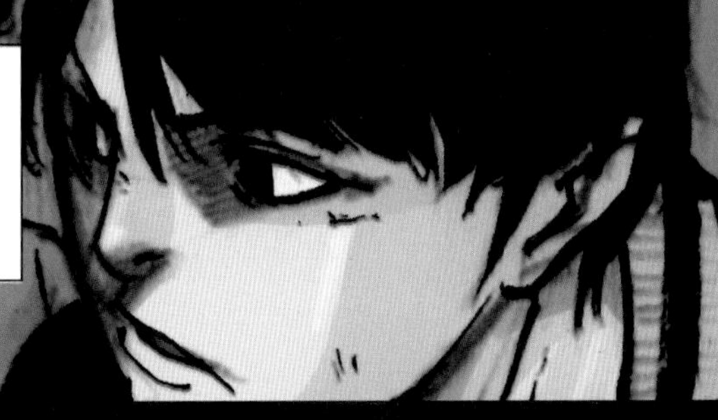

한편, 현덕고 측은
긴급 이사회를 열고…

야! 껴. 정신 사납게.

얘. 담당자 누구야?

전데요?
이리 와. 따로 이야기 좀 하자.

혁아.

아… 씨.
일도 못 나가고 이게 뭐야?
종일이도 곧 온다더라.
미안하다.

박찬섭 조폭 꿈나무들 시키들. 그냥 다 사형시키자. 저런 것들 커 봤자 사회에 암덩어리다.
5시간 좋아요 답글달기

나연경 레알 헬조선이네. 미개한 것들.
5시간 좋아요 답글달기

정민아 미성년자라고 또 봐 준다는데 내 양쪽 x가슴을 건다. 제발 법 좀 강화해라.
5시간 좋아요 답글달기

엄태복 정민아 뭘 건다굽쇼? 걸크러쉬 오지고요.
5시간 좋아요 답글달기

김태헌 이게 나라냐!
5시간 좋아요 답글달기

남정훈 그 와중에 47초 마스크 팔 꺾는 것 무엇?
5시간 좋아요 답글달기

마. 재는
배달 폴리스야.
나한테 연락했는데
내가 어제 전화를 안 받아서
나 올 때까지 잡아놓는다고
하다가 싸움에 낀 거야.
혁이는 저도 알죠.
근데 손목, 발목 막
부러뜨려가지고.
숫자를 봐라, 숫자를.
저쪽은 100명이 넘어. 너 몰라? 야간에
특수폭행 상황에 싸우는 거 자기 신변 보호고
그 상황에서 이성적인 판단을 하기 어려우므로
정당방위 되는 거.
혁이 풀어주면
나머지 애들은요?
혁이 쪽은 다 풀어줘.

재들 때문에
양아치들 다 잡았는데
상을 줘도 모자랄 판에!
아… 형님. 그런데…

내가 다 책임질게!
내가! 문제 생기면 내가
옷 벗을게. 응?
에이. 말씀을
뭘 또 그렇게.

그럼 검찰에 불기소로
의견 올릴게요.
철컥
기소는 무슨…
데리고 간다?

강혁!
탁

가자.

너 병원 가서
옆구리도 다시 치료하고.
일단 가자.

마. 걱정 마.

가. 난 괜찮아.

…

부웅
미안하다.
괜히 CCTV 걸리지 말라고
내가 너 부추겨가지고.

…

내가 다 책임질게.
걱정하지 마. 네가 나 돕자고 한 일인데
내가 어떡해서든 책임진다.

죄송합니다.

내가 미안하지.
네가 뭘?

그때… 말은 그렇게 했지만
도우려고 그런 건 아니에요.
아니야? 그럼 뭐야?

…

새끼. 수줍어하기는.
일단 병원 가서 치료 받자.
미련한 놈아.

어머니,
먼저 뵙고 싶어요.
그래, 그래.
부웅
그럼 이만.

이런. 연락이 안 되어서 찾았잖아.
보호자께는 전달드렸고 너한테만
전달하면 되는 건가?
예?

이번 사건 관련한 애들은
전부 퇴학이다. 너도 역시.
!

이런 이야기는 보호자한테 말씀드려야 해서 말이야. 어머님이 많이 편찮으시다고 해서 직접 왔다.
어머니가 많이 실망하신 거 같더구나.
너도 자식이라고 실낱같은 희망을 걸었던 모양이야.
안 싸운다고 약속도 했다던데?
…

네 본성이 어디 가겠어?

혁아. 저 자식 저거…
다다다
어머니.
나가.
어, 어머니… 그게
어떻게 된 거냐면…
당장 나가!
어…머니… 제발…
그래… 처음부터 넌 후랑 달랐어.
후는 언제나 날 행복하게 했는데

넌 항상 실망만 시켰어.
그렇게 싫었어? 후가 못다 한 공부를
해달라고 한 게 그렇게 싫었니?
내가 빨리 죽어서
후를 만나러 가야겠구나.
너한테 내가 짐만 되나 보다.
엄마가 죽기 전에
공부 하나 해달라고 했는데
넌 쌈질이나 하고 다녔어?
넌 왜 후처럼
가만있지 못하니?
도대체 왜?
어머니… 제발…
나가. 꼴 보기 싫으니 나가.
잘못… 잘못했습니다…
제가… 잘못했습니다.
용서해주세요…

크흐흐흑…

집단 패싸움 관련 징계.
퇴학.
강혁, 이세운, 반민찬, 반월현,
강범구, 김다빈, 박동준

그러고 보니 넌 왜 어제 안 왔어?

반씨들 하는 게 짜증 나서. 어쨌든 돈 때문에 싸우긴 했는데…

이렇게 된 거 적당히 안면 트고 지내자.

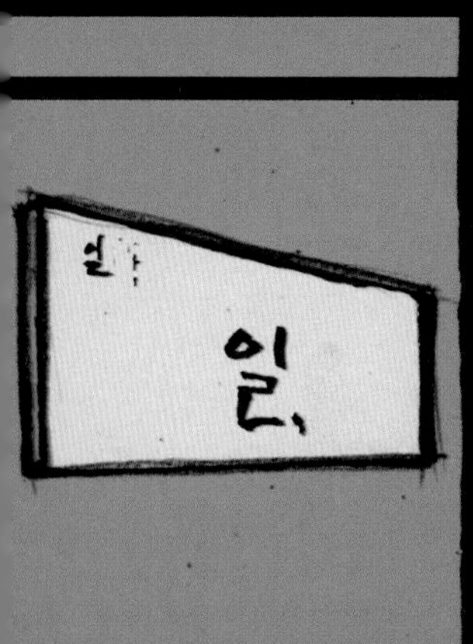

이건 내가 학교 오니까
안 나오고 있어?
어?
뭐?
뭐야?
뭔가 많이 달라졌어.

어머니는 내가
잘 설득해볼게.
…
내가 면목이 없다.
어른이 되어가지고
네 도움이나 받고.

그땐…

저도 돕는다고
생각했습니다.

그런데 그게
아니었어요.
무슨 얘기냐?

그냥…

알바를 하면 한 달 100만 원 정도를 벌어요.

거기서 4대보험 나가고 월세 40만 원. 병원비 30만 원에 각종 세금…

음…

병원비 많이 깎아주셨는데… 그런데도 힘들었어요.

계속 적자라서 합의금으로 받은 돈 남은 거 보태고 있었어요.

점점 쓸모없는 사람이 되는 것 같았습니다.
그래서… 현실에서 도망치고 싶었어요. 사실은 아무짝에도 쓸모없는 인간인데 형사님 돕는다고 하면 뭔가 나도 괜찮은 사람 같고.
마, 쓸데없는 소릴…
후우…
그렇게… 제가 처한 현실을 잠시나마 잊고 싶었습니다.
지금은 다시 현실이 되었어요. 아무리 발버둥 쳐도 앞이 안 보여요.

형사님 덕분에 힘든 거
잠시 잊고 살았어요. 고맙습니다.
어디 가?
어머니한테요.
다시 용서 빌려고요.
잠깐만 있어봐.
내가 이야기할게.
넌 좀 있어봐라.
한 시간만, 응?
띠리리리
응. 왜?
아, 형님.
다른 애들은 풀어주겠는데
표태진 이놈이 좀 걸리네요.
응? 뭐가?

얘는 씨름선수 출신이잖아요. 격투 종목 선출인 데다 3년 전에도 걸린 게 있어서요. 작년 건 넘어간 것 같은데.
응?

그리고 검사가 형님 좀 보잡니다.
에? 왜?
모르죠. 뭐.

아… 씨. 알겠다. 알았어. 나중에 이야기해.

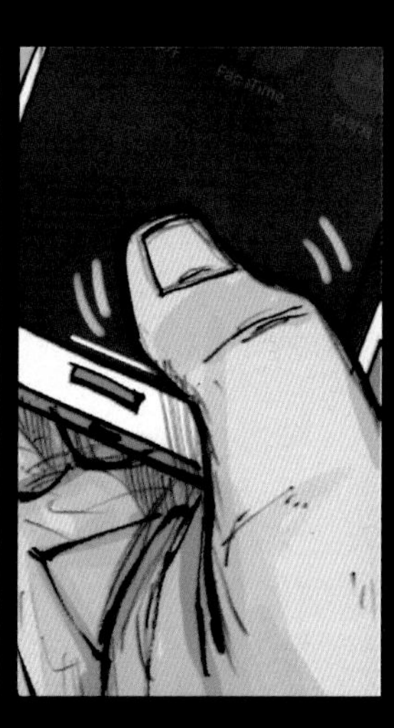

빡
빡
빡

띠리리리

에?
띠리리리

나중에 보기
메시지
거절

왜요? 뉴스 봤는데 저도 잡혀가요?

아니야. 너 병원에 잠시 올 수 있어?

병원이요?

어머니가 잘 모르시는
후에 대해서 말씀을 드리고
싶어서요.
집단 린치를 당할 때
후에게 어떤 일이 있었는지.

오… 제발 부탁드려요.
우리 후. 후에
대해서는 하나도 빠짐없이
다 알고 싶어요.

예. 어머님. 그런데
이 말을 들으시면 후에 대해
실망하실 수도 있습니다.
네?

혁이에게
그러셨지요?
왜 후처럼
가만있지 못하냐고?
그랬죠.
어머님. 후는
가만있지 않았습니다.
네?
누구보다 앞장서
맞서 싸웠던 녀석이 바로…
강후였습니다.

뭐 하냐? 여기서.

답답해서 바람 좀 쐬러.
근데 넌 왜?
형사님이 불러서.
표정 왜 그래?
너 질질 짰냐?

뭐야? 너 이런 애였어?
의외네. 왜 이렇게 쫄아 있냐?
뭐가?
무서워서…
나만 놔두고 가족들이
다 떠날까 봐 무서워서… 그냥 평생
나 욕해도 좋으니 어머니가
곁에 있었으면 좋겠어.
…
미안.
나중에 이야기하자.
형사님이 기다려서.
그래.
나한테 별소리를
다 하네? 상태가 안 좋긴
안 좋은가 보다.

그게… 무슨 말씀이세요?
말씀드린 그대로입니다.
이태현이 10여 년 만에 학교에서 사라진 불량 서클을 부활시켰고 그 이태현에 맞선 유일한 학생이 강후였습니다.
믿을 수 없어요.

똑 똑
왔냐?

왜 또
가져오래요?

혁이 어머니시다.
알아요.
잘 모르시겠지만.

?

후가 가족사진 보여줬어요.

후가 어떻게 했는지
알 수 있는 다이어리입니다.
가지세요.
커플 다이어리 아냐?
커플 깨졌잖아요.
내 거 아닌 것 같아서.
이제 가도 되죠?
후에 대해서
한마디만 하고 가라.
후?

음…
불의를 보면 참지 못하는… 그런 학생? 혁이처럼 강했다면 좋았을 텐데.
…!
가볼게요.
아 참, 태진이도 풀려 나왔어요? 밖에 혁이 있던데.
태진이는 격투 종목 선출이라서 문제가 있나 보다.

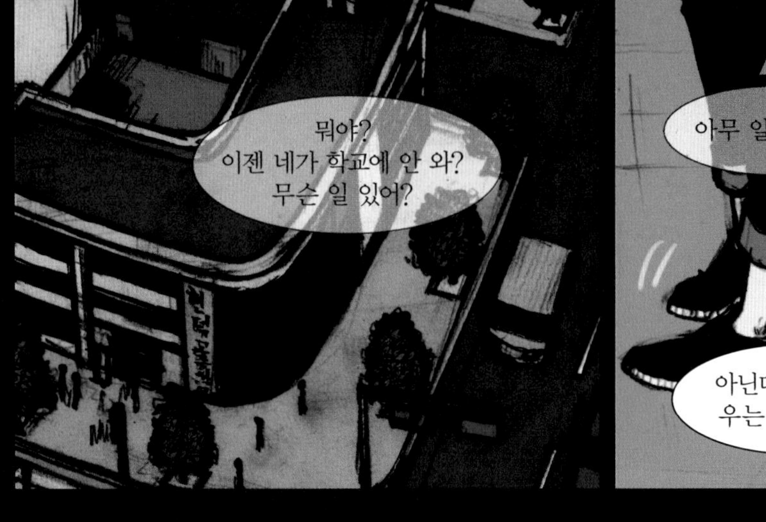
뭐야?
이젠 네가 학교에 안 와?
무슨 일 있어?

아무 일도 없어.
아닌데? 너 지금
우는 목소린데?

아니야.
야. 너 지금 어디야?
갈게. 밥이나 먹자.
내가 살게.

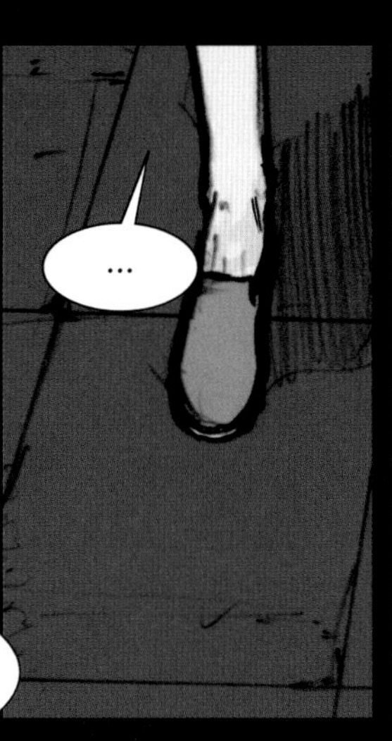
…

김밥낙원?
롯데날드킹?
…
OLD HE

짜장면?

싫…어. 그건
죽어도 안 먹어…
목소리 왜 그래?
너 울지? 어디야?

어머님. 혁이가 하고 있는 일이
후가 하고 싶었던 일입니다.

후가 만들고 싶었던 세상을
혁이가 이어가는 겁니다.

후가 만들고
싶었던 세상…

후는 싸우는 걸 두려워하지 않았습니다.
단지 세상에 부딪히기에는 약했죠.

그래서 세상에 부딪혀 깨지고 말았습니다.

이렇게 널 내려 볼 거다.

하지만 혁이는 강했습니다.
어머님이 길거리를 헤매는 동안 혁이는 태산고에 후로 잠입해 후를 그렇게 만든 녀석들을 하나하나 모두 깨뜨렸습니다.
패배자한테 끌려 내려와봐라.

네?
같이 맞서 싸웠지만 혁이는
깨지지 않았습니다. 그 차이뿐입니다.
어머님, 혁이가 가는 길이 곧
후가 가고 싶었던 길입니다.
!

어머님.
잠시만. 잠시만 생각 좀 할 시간을 주세요.

예. 마지막으로 한 말씀만 더 드려도 되겠습니까?

그날… 후와 부군께서 함께 세상을 버린 날 정신이 없으셨을 겁니다. 그 와중에 뺑소니 가해자가 보낸 변호사 측과 합의를 보셨었죠?

네…

가해자의 얼굴은 보지
못했을 텐데 조금 전 어머님께 찾아왔던
현덕고 이사가 바로 부군을 치어
죽이고 달아났던 놈입니다.
네?
그리고 그 녀석이
후를 죽게 만들었던
이태현의 형입니다.
으… 으…
끄으…
엇! 어머님!

띠리리리
여보세요?

형님. 저 종석입니다.

네가 왜?
경찰서 아니야?

일단 풀렸어요. 형님.
그때는 죄송합니다.
저도 협박을 받아서…
협박?

병신도 아니고
이게 되겠냐?

있어봐.
이 새끼 머리 나빠서
이용할 수 있다니까?

괜찮아. 지금은 수면 상태니까 나중에 깨어나시면 이야기해.
아이… 거기서 갑자기 혼절하실 줄이야.
이야기 좀 하자. 너도 같이 듣자.
아, 나 검사한테 가봐야 돼. 갑자기 쓰러지시는 바람에 늦었어.
그래? 그럼 혁이한테 이야기할게. 네가 보호자니 들을 수밖에 없다.

뭐? 진짜야?
coffee
뭐 하냐? 너 경찰에 신고 안 하고.
증거가 없어. 이사님이 원래 법을 공부한 사람이라서 법으로는 절대 못 이길 거래.
누가?
푸른이가.

미친… 둘이 언제 붙어먹은 건데?
몰라.

청와대에 청원이라도 넣든가.
뭐라도 해야지! 바보같이
이러고만 있을 거야?
몰라…

아, 갑갑해.

넌 남의 일이니까
쉽게 말하는 거지.

넌 네 얼굴, 네 이름
드러내고 저격할 수 있어?
증거도 없는데.

아, 진짜? 그럼 이대로
그냥 당하고 넘어가는 거야? 얼굴책
대나무숲 같은 데라도 올려.
…
이게 말이 되냐고? 응?

…

어머니… 이제 어렵다.
네?
아직 건강하시잖아요.
고통도 자주 하소연하지
않으세요.
마약성 진통제로 지금은
버티시는 것처럼 보일 거다.

그런데 곧
그것도 버티기 어려울
때가 올 거야.
서, 선생님.
저… 전 진짜 그러면…
아, 안 되는데요…

진통제
부작용으로 환각 증세가
나올 수도 있어.
가끔 환각 때문에 이상하게
보일 수도 있는데 네가 이해해야 한다.
지금부터가 정말 중요해.

제가…
제가 어떻게 해야 합니까?
특별히
네가 할 건 없어.
중환자시라
병간호는 병원에 맡겨놔도 돼.
그냥 그렇게 알고 있어라.
그리고…
마음의 준비는 해라.
위급하면 전화할 테니
전화 잘 확인하고.

앉으세요.
564
검사실
검사 채수연

이해가 좀
안 되는 게 있어서요.
예…

야간에 특수폭행
상황이라 정당방위 소견으로
올리셨는데 말이에요.
이게 이해가 안 되네요.

보니까 양쪽이 몇 월 몇 시
어디서 싸우기로 하고 시간, 장소
맞춰서 서로 패싸움을 벌인 건데 이게
정당방위는 아닌 것 같아서요.
…

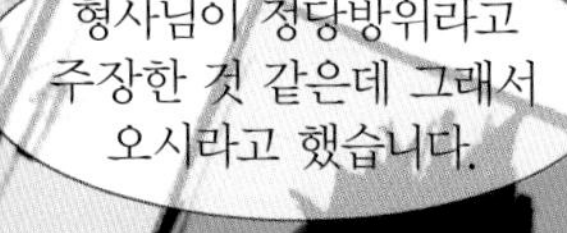
형사님이 정당방위라고
주장한 것 같은데 그래서
오시라고 했습니다.

그리고… 표태진.
얘는 상습적인 폭행이네.
이제 만 19세짜리가 3년 전부터
계속 이러는데 이제 나이도 찼으니
법정에 세워야 할 것 같고요.

김종일, 얘는 볼펜을 들고
싸웠고. 칼이 아니라서
정상참작 여지는 있네.

그리고 강혁…

얘는 손목, 발목
부러뜨린 애가 너무 많아.
정상참작의 여지를 넘어섰어요.
얘도 법정에 세워야겠고요.

정상대, 최성용은
각목 들고 싸웠으니 쌍방,
구본환, 최재욱은 여지가 있네요.
이세운도 쌍방.

탁
도대체 어딜 봐서 정당방위
소견이 나온 거죠?
검사님, 그게…
법 앞에
모두 평등하죠?
예.
다 집어넣읍시다.
판사가 영장 기각하든지 하겠지.
내 입장에서는 다 넣어야겠어요.

형님. 여깁니다.

뭐야?

아, 형님.
오해 마시고요. 오해 풀자고
같이 보자고 했어요.
근데 왜 여기야?

사람 때리기 좋은
골목길이잖아.

아하하하… 저희 지금 밖에 함부로 못 다녀요. 알아보는 사람들이 있어서.

…

형님. 이거…

날짜 보면 알겠지만 오늘 싹 정리한 겁니다. 거기 찍혀 있는 금액이 최종 금액이에요.

…

네가 주동자가 되면 끝나는 거야.
어서 한다고 해.

머리도 나쁜 게
뭘 생각하는 거야.

뭘 짱구를 굴려?
700만 원이 너한테 적어?

그럼 이건 내가 갖지.
아! 감사합니다, 형님.

고맙다. 어차피 700 정도는
줘도 상관없어. 그 몇 배를
가지고 있으니까.
병신. 이제 네가 주동자다.
고마울 것 없어.
아… 형님 그래도.

네 부탁은
안 들어줄 거니까.

예?

아직도 내가
말랑말랑해 보이나 봐?
미친 새끼가.
또 처맞고 싶어?

부탁할 때 들어.
강제로 듣게 하기 전에.

네 명? 고작 강아지 네 명으로
나한테 협박하겠다고?

개새끼가…
퍼억

!

주먹이 들어가지 않아…!
콘크리트 같아.

그게 다냐?
콱
!

이런! 증거품으로
너클 경찰이 가져갔잖아.

개자식이!
다다다

퍽
퍽
퍽
콰앙

저건… 사람이 아니다.
전혀 주먹이 안 들어가.

끄아아아악…

놔! 놔!

끄아아아악…
내 손…

캉

혀, 형님…

NOT DOG

팩폭

안 가세요?

564
검사실
검사 채수연

검사님. 전부 제 책임입니다.
제가 옷을 벗겠습니다.

혁이를 부추긴 게 접니다.
어른이 그랬으면 안 됐는데…

그러세요?
인수인계 잘하세요.

검사님.
쿵
?

!

저한테 무릎은 왜?
그런 사이 아니에요, 우리.

재작년에 후가 집단 린치를
당해서 죽었을 때 제가 사건
해결을 못 했습니다.

제가… 제가 검사님.
혁이한테 마음의 빚이
있습니다.

그럴 수밖에 없잖아요.
가해자가 특정되지 않았는데.
예. 태산고 놈들이 때린 건 확실한데 대체 폭행에 가담한 애들이 누군지 알 수가 없어서 결국 수사를 진행하지 못했습니다.

그렇지만… 그게 어떻게 정당화되겠습니까?

그래서요?
그런데… 혁이가 우리가 못 한 걸 혁이가 했습니다. 혁이가… 경찰이 못 한 걸 했습니다.
그래서 마음의 빚이 있다?
예. 검사님.

그래도 법대로 해야겠죠?
일단 다 입건하자고요.
돌아가세요.

혁이 어머님이
아프십니다!

?

암이세요. 위암 말기.

검사님.
법에도 감정이 있는데
혁이 같은 애들을 더 살펴야
하는 거 아닙니까?

돈 많고 변호사 많이 쓰는
놈들 말고 저렇게 아무것도 없는
놈들이 더 보호를 받아야
하는 거 아닙니까?

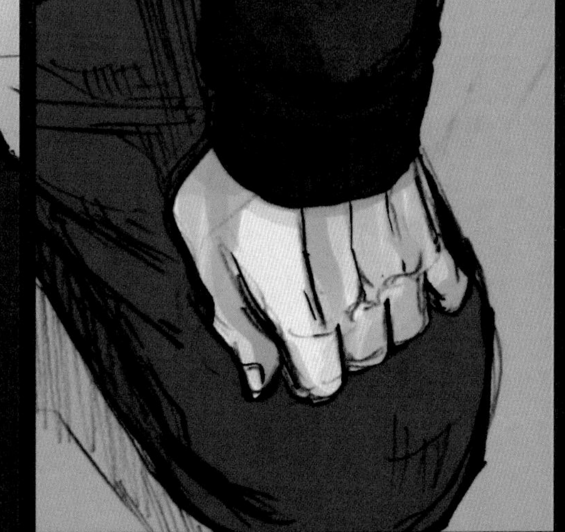

민사 합의 받으세요.
예?
손목, 발목 똑똑
부러뜨린 거 그건 합의해야 돼요.
민사에서 합의하면 형사는
풀릴 거예요.
형사도 조각 사유 있고
불안하다 싶으면 형사님이 판사한테
청원서라도 쓰세요. 됐죠?
가, 감사합니다!
감사합니다!

그래도 갑자기
이렇게 일을 그만두라고 하면
어떡합니까?
뉴스 봤는데 자네 맞지?
위에서 안 된다고 하는 걸 어떡해?
이제 경찰서 들락날락하면
일도 못 나올 텐데.

어차피 일당으로 받는 일인데…

미안하네.
삑
여보세요?
팀장님. 팀장님.

하아…

뭐가 문젠데?
어… 한솔아.

병원 갔다가
집에 가는 길이야.
풀려난 거야?
불구속이니까 일단 풀려났어.
사건이 끝난 건 아니고.

내가 도와줘?

네가 어떻게? 됐다. 됐어.

야! 집에 들어갈 테니까 부탁 좀 들어줘.

대체 무슨 사고를 친 거야?

뭘 따져? 좋다.
인심 썼다.
부탁 들어주면…

아빠라고 불러줄게.

좋지? 나중에 자세히 얘기해.

걱정 마. 너 별일 없을 거야.
아빠가 돈이 좀 많아.
디잉
아니… 그래도… 이건.
언니. 얼굴책들어가봐. 서울
무숲
Message
언니. 얼굴책 들어가봐.
서울 고딩 대나무숲.
툭
툭
어?

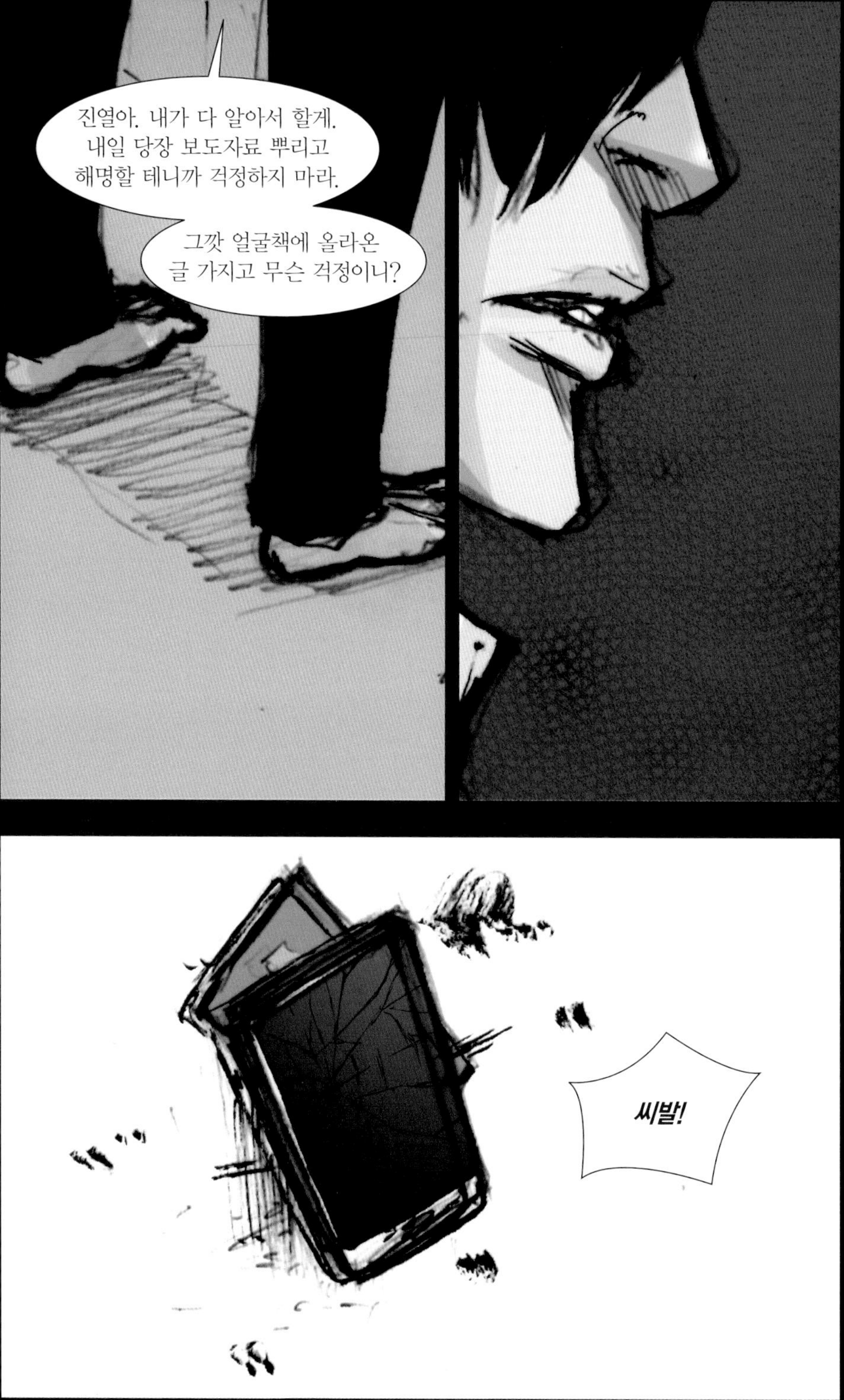

진열아. 내가 다 알아서 할게.
내일 당장 보도자료 뿌리고
해명할 테니까 걱정하지 마라.

그깟 얼굴책에 올라온
글 가지고 무슨 걱정이니?

백푸른 이 개자식이!

콰직
콰직
콰직

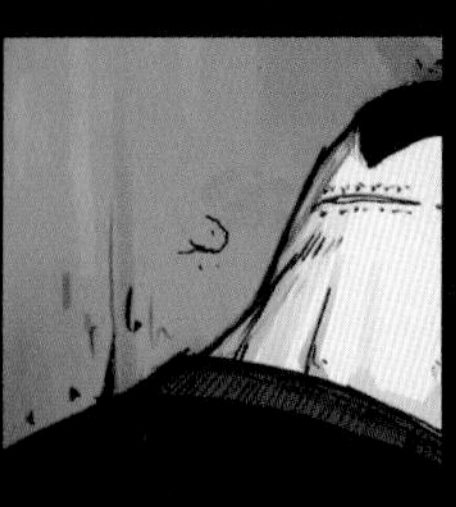

따님을 주세요

그럼 난
장인어르
시께

빅 빅 빅 빅
철컥
띠리리리리

이 개자식이!

쉬익

콰직

이사님?

최유라한테
무슨 소릴 떠든 거야?

왜 그 미친년이 얼굴책에
이상한 글을 싸지르냐고!
...

뭐야?
700만 원입니다.
차근차근 갚겠습니다.
700?

아직 많이 부족하지만
꼭 갚겠습니다.

하! 이래서 머리 검은 짐승은
거두는 게 아니라더니.

…

왜? 돈 다 갚고 나면 나한테서 벗어나겠다 그런 거야?
…
네 동생 눈 수술은?
…

연희한테 네가 해줄 게 많이 있을 텐데?
…

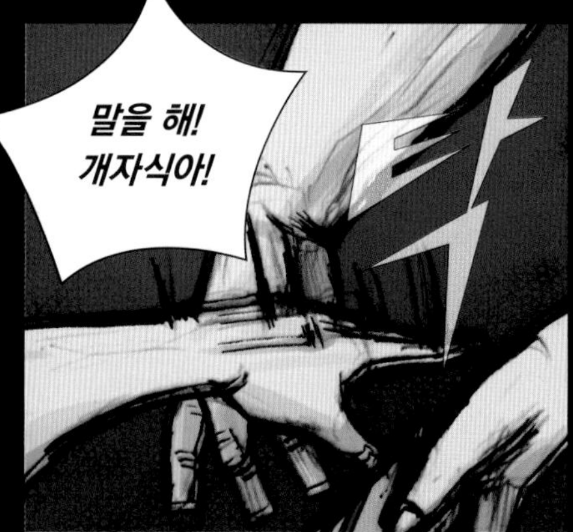
말을 해! 개자식아!
탁

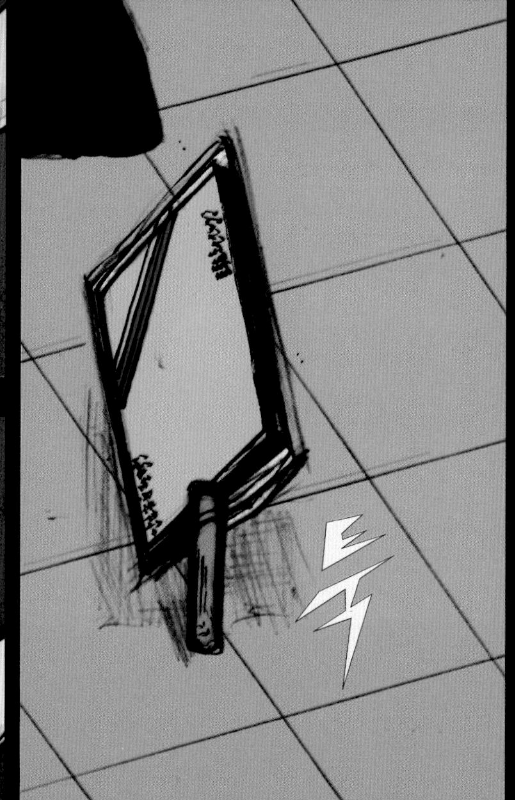
툭

어어?

연희…

…한테 그런 사람으로
기억되고 싶지 않아서…

그거였어? 너도
잘 보이고 싶은 사람이 있다 이거지?
그래. 알았다. 그럼 연희 눈 수술
대기시킨 거 취소하지.

여보세요? 박사님.
예. 그때 도연희 있잖아요.
아, 각막 대기 거의 다 됐어요?
2주 뒤면 수술 가능하다고요?
아, 근데 어떡하죠?

수술 필요 없을 것 같은데…

이사님!

뭐 하는 짓이냐?

콰
ㅇ

제… 제가
잘못했습니다. 제가…

아직 기회는 있다.
넌 나를 질투해서 유라한테 없는
말을 지어낸 걸로 해라.
내 돈을 받은 이상
넌 내 개일 뿐이야.
생각하지 마.

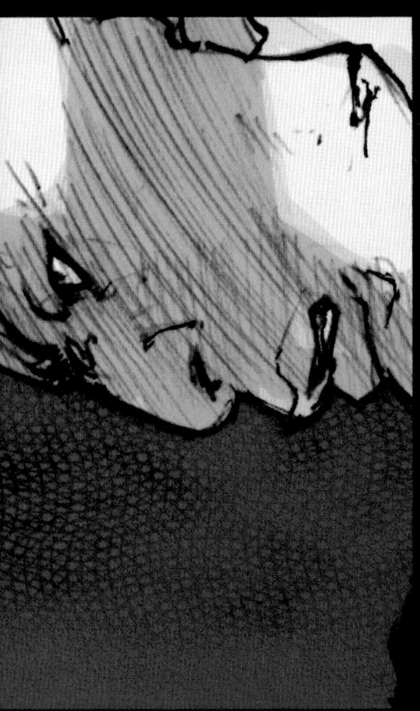

그냥 주인이 위험하면
대신 죽는 그런 개가 되란 말이다.
알아들어?

넌 정말… 쓸모없는
아이니까.

파양되었다고 해서
기죽을 것 없다.
...
네가 잘못한 게 아니야.
푸른아.
예?

연희 좀 보살펴주겠니?
너보다 동생이야.

동…생?

한 번 더 내 동생
건드리면 죽을 줄 알아!

매일 쌈박질만 하고
엄마를 너무 힘들게 하는구나.
죄송합니다.

어머니… 어머니…
동생을… 누가 괴롭혀서
싸웠어요… 어머니…
이제 그만하자.
누가 네 동생이라는 거니?
넌…
이제 우리 가족이 아니야.

동생…?

안녕하세요?
오빠! 연희예요. 도연희.

난 백푸른이야.

유라와 연락이 안 된다.
네가 유라한테 도와주겠다고
접근해.
그러곤 조져버리라고.
그다음엔 전부 네가 다 한 짓이라고 해.
내 말 알아들어?
예. 이사님.
야. 이제 깨냐?
어쩌냐? 우리.
쿨럭… 쿨럭…

꼼짝없이 감방
가는 거 아냐?
약점이라니?
내가 그 새끼 약점을 알아.
우리 말 들을 수밖에 없게 할 거야.
장님 동생이 있어요.
일단 우린 진술할 때 백푸른이 시켜서
했다고 입을 맞춰야 돼요.
장님 동생?
끔찍이 아끼는 애가 있죠.

왜…

혹을 달고 내 집에 오는 건데?
Supreme

헤에. 좀 봐주라, 언니.
여기만 한 데가 없잖아. 이사가
유라 찾고 난리 났다니까?
딩동
어?
푸른이가 나한테 문자했어.
푸른이? 뭐라는데?

내가 도아주께. 도저이 이사님 말 몬
듣게써.
문자 메시지

날 도와준다고…?

…

뭘 고민해? 푸른이가
너한테 가르쳐준 거라며?
그렇긴 한데…
믿어도 될지 확신이 없어.

야.

나 곧 방 빼고 집에
들어가니까 빨리 결정해라.

우리 집에서
지낼 날 얼마 안 남았어.
에? 언니
집이 있었어?

근데 왜 나와 살아?

궁금해요?
궁금하면 500원.

언니 이런 사람인 줄 몰랐어. 개노잼이야.
아직 안 친해서 말을 못 하겠어요.
이것들이…
Supreme

드륵

먼 길 오느라
고생하셨습니다.

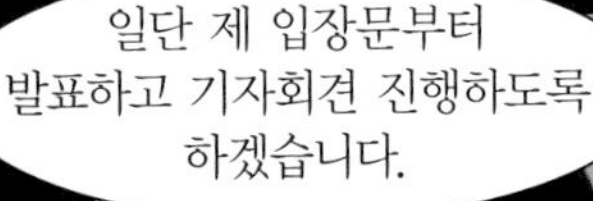
일단 제 입장문부터
발표하고 기자회견 진행하도록
하겠습니다.

지난밤 SNS를 통해
저에 대해 불미스러운 익명의
제보가 있었습니다.
우선 관련한 부분은
사실무근이란 걸 밝힙니다.

이는 저에 대한 음해로써
저와 제보자 사이에 메신저를
공개하겠습니다.
찰칵
찰칵
찰칵

보시다시피 제가 만약
강압적으로 성관계를 했다면
이와 같은 메신저를 주고받을 수
있겠습니까?
찰칵

그럼 왜 그와 같은
제보가 올라온 겁니까?

여고생들이란…
참 나. 요즘 애들이 영악해요.
그냥 웃음밖에 안 나오더군요.

미투가
아니란 겁니까?

미투는 법으로
해결이 안 될 때 얼굴 드러내고
마지막으로 세상에 알리는 게
미투 아닙니까?

익명으로 그냥 아무나 저격하면
범죄자가 되는 거면 법을 공부한 사람으로서
위법하다는 것을 분명히 말씀드리며
이런 작태에 언론들이 부화뇌동해서
힘을 실어줘서도 안 되는 겁니다.

얼굴책에
라이브 방송 중이죠?

제 얼굴 똑바로
잡아주세요.
예.

Live
4,127
익명으로 올렸지만
나는 네가 누군지 알고 있다.

기회를 줄 테니
학교로 돌아와 학업을 마치길 바란다.
나를 음해한 것보다 네가 이런 일로
학업을 중도에 그만두는 것이
더 가슴 아프다.

학교로 돌아와라.
모든 것은 불문에 부치고
너의 잘못을 따지지 않겠다.

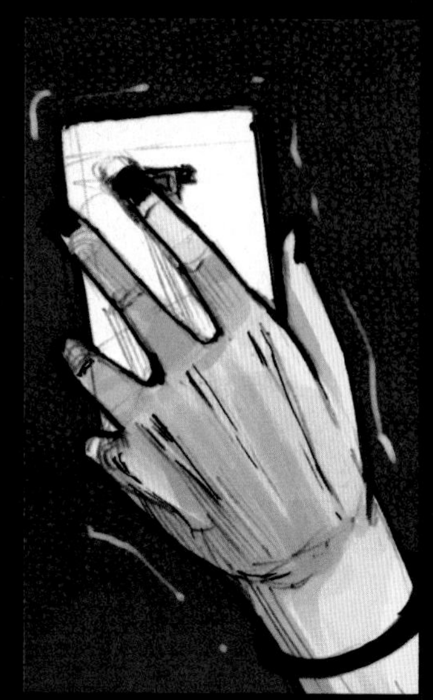

야. 니들 제보한
게시물에 악플 막 달린다.
너 꽃뱀이래.

유라야…

여기
제 학생증이요.

여기 있는 동생이
직접 가야 해서요.

푸른이 형이 여기 동생한테
눈 수술 시켜주려고 돈을 모았는데
문제가 생겨가지고요.

아, 그래요?
그럼 우리가 데려가지.
어디로 가야 하지요?

그게 아니라 푸른이 형이
동생을 만나는 걸 무서워해요.
자기가 너무 못난 사람이라서
만날 자신이 없대요.

근데
옆에서 지켜본 입장에서
그건 아니거든요.
음…
전 수술하기 전에 동생이
푸른이 형 꼭 만나고 고맙다고
했으면 좋겠어요. 제가 데려가서
깜짝 놀라게 해주려고요.
학생의 진정성은 알겠는데
그래도 처음 보는 친구를 믿고
함부로 보낼 수야 없지.
오후에 비도 온다던데.
그렇게 하시죠.
지난번에 연희도 그러더라고요.
병원에 갔는데 푸른이가 없었다고.
너무 만나고 싶은데 무슨 일인지
피한다고요.

그래요?
제가 같이 가겠습니다.
형국 학생이 같이 가주면
나도 안심할 수 있지요.
한 명 정도야…
다굴 쳐버리면 되니까.
자, 그럼… 김…
꿀꺽
…규열 학생?
잘 부탁해요.
YEAR ONE
THE STORY
네.

응. 유라야.

뭐야?
아이고 형님.
연희 데리고 가고 있는데 어디로 가면 될까요?
이 개… 연희 몸에 손 하나라도 건드리면 너 죽어.
놀라셨어요?
아 참, 지금 상황 파악이 안 되시는구나. 깜짝 놀라게 해드리려고요. 핫핫핫.

개새끼야.
연희 무사하길 바라지?
그럼 시키는 대로 하라고.

택시 잡을까?

걸어가도 됩니다.
가까워요.

기자회견 봤지? 내가 정면으로 나가면 그 꼬맹이가 어떻게 나오진 못할 거다.
왜 이러니? 진열아. 너만 알고 있는 거잖아. 나도 너 약 먹는 거 알고 있지만 말 안 하는 거고.
근데 걔 말이 사실이잖아.
그렇지. 서로 약점을 잡고 있는 꼴이지.
친구 사이에 약점이라니? 우리끼리는 비밀이 없는 거지.
그래. 그런데 만약 일이 잘못 풀리면 네가 책임져야 할 거야. 아직은 두고 보는데 꼰대가 이번 일에 관심이 많아.
걱정하지 마라. 내가 잘 마무리할게.
딩동
톡이 와서. 나중에 또 얘기하자.

백푸른
이사님. 연희가 위험해서 그 쪽도 가야겠
니다.
간격
123

역시 거들 놈이 아니었어.
빅
빅
빅

예. 이사님.
떼인돈 받아 드립니
일
수

마지막으로 일 하나
큰 거 하지?
우수 고객님이
말씀하시는 건데 당연하죠.
뭔데요?

백푸른 알지?
알죠. 이사님이 빚 탕감하고
사 가신 놈 아닙니까?

백푸른이 좋아하는
여자가 있었는데 그 여자애는
다른 남자를 좋아했지 뭐야?

…저런 슬프기도 하지.
그래서 푸른이가 여자애를
때리고 그 여자애가 남자에게서
떨어지기를 바랐지.

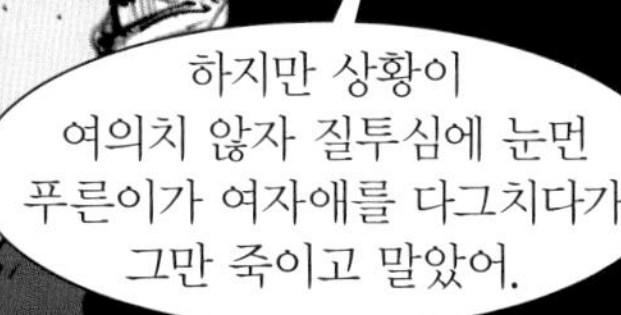
하지만 상황이
여의치 않자 질투심에 눈먼
푸른이가 여자애를 다그치다가
그만 죽이고 말았어.

예? 제가 지금 제대로
듣고 있는 거 맞습니까?
실수로 죽인 거지.
고통에 빠진 푸른이도 슬픔을
견디지 못하다가 그만
목을 매달고 말았다네.

어… 그건
차라리 신고를…
이런 시나리오인데
완성 좀 해줘야겠어.
00.05.00
New_Recording
Done
이야. 이사님같이
가다마이 빼입고 다니시는 분은
사람 목숨 가지고 장난칠 것
같진 않았는데요?
당연히 난 그런 거 안 하지.
근데 넌 할 수 있잖아?
예예. 제작비는
좀 비싸겠는데요?
그게 얼만데?

?

이거야?

예. 뭐 하나 혹은
여기서 떼고 백푸른 만나러 가시죠.
장소 찍어줬거든요.

온대?

껌뻑 죽는다니까요?
안 올 수가 없어요.

연희야.

네?

푸른이 친구들이 농구를
하자고 하는 것 같아.

농구?

응. 농구공을 가지고 왔네.
푸른이 올 때까지 농구 한판 하재.

갑자기… 왜…?

남자들은 가끔 이럴 때가 있어.
조금 시끄러울 텐데 걱정하지 마.
지랄.
쉬익
퍼억

퍼억

부웅
어떻게 된 거야?
이 녀석들은 뭐지?

죽어!
퍽

퍽
쿡.
콰직
쩌엉
악! 개새…

음!
피억

야아… 10대 12지?

3점 슛
한번 넣어볼까?

예?
아아. 걱정하지 말라니까.
너 이제 우리한테 빚 없어.

너 어디 가야 한다며?
그쪽에서 만나는 애들은 우리한테
넘기면 돼. 금방 갈 테니까 우리가
갈 때까지만 잡아놓고 있으라고.
SuperSized
감사합니다.

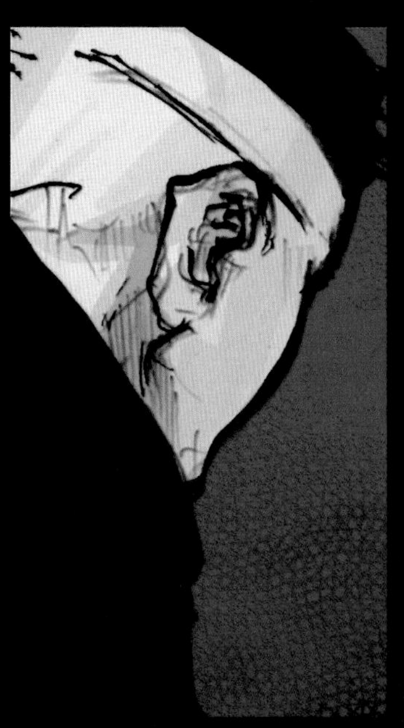

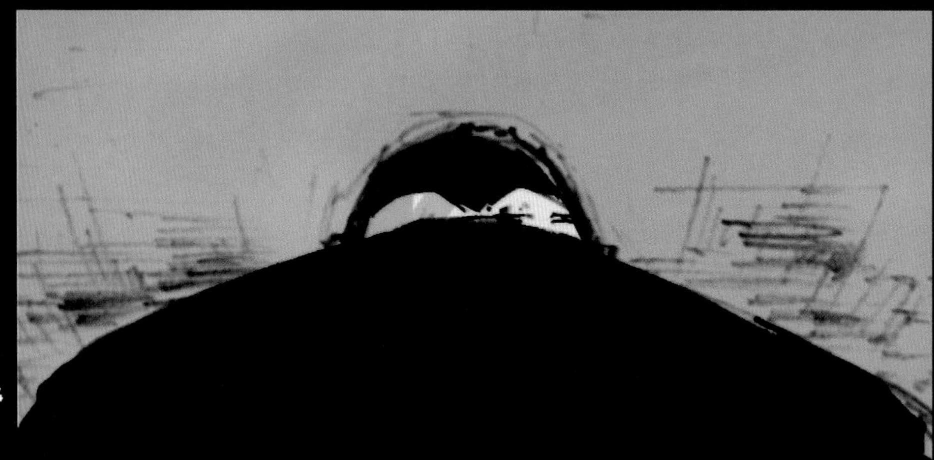

백푸른.

으아아앗!

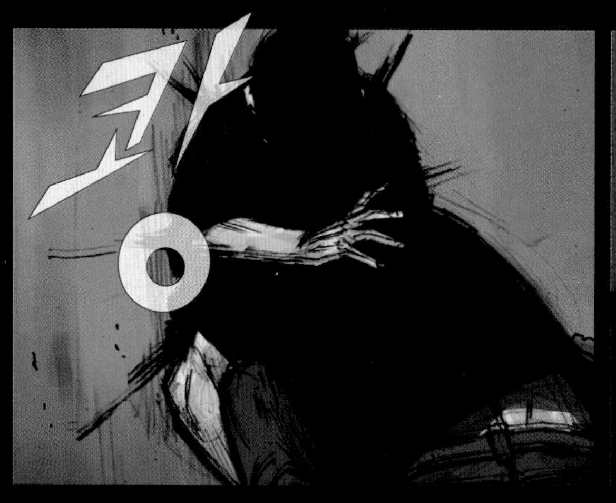
콰앙

크악!

하아… 하아… 하아…

후우… 후우…

오빠!
연희야! 농구가 너무 재밌어!
야. 여기 좀 보지그래?
야앗!
우당탕
하지 마!
앗!

이거? 다리도 없어?
뭐야?

레알 병신이잖아.
크읍!

퉤!
탁

야 이 개새끼야!

…
뭐야? 왜 그렇게 봐?

넌 가라.
유라 혼자 두고 어떻게 가?
나도 같이 들을 거야.

나 도와주려는 거야.
좀…

가라면 가!

으아아!!
다다다

앗!
확

!
와봐.
목을 부러뜨릴 테니까.

못 할 것 같아?

눈깔 안 풀어?
네가 협박할
상황이 아니야.
못 알아 처먹어?
주먹 내리라고!

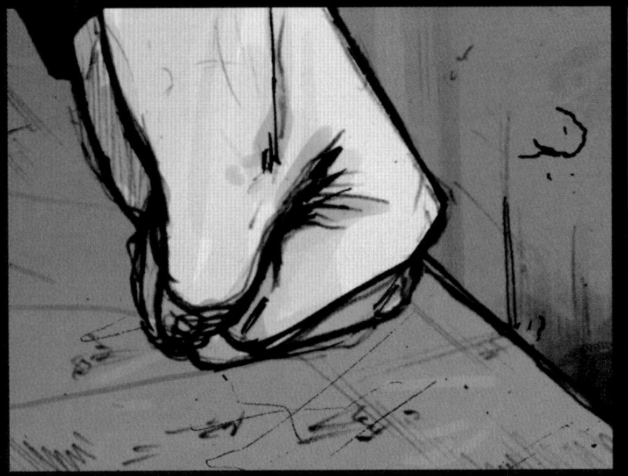

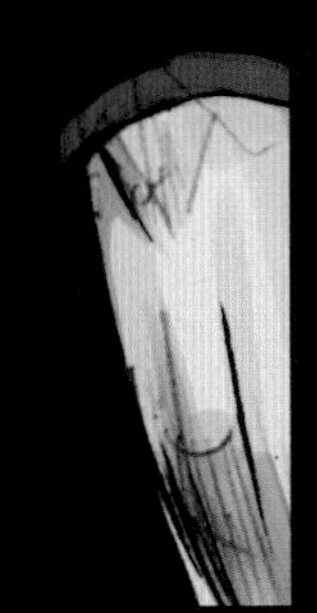

빠직
우당탕

너희…

콰직

억울해할 것 없다.
내가 부상만 아니었어도 넌 벌써
자빠져 있었을 테니.

퍼억
오빠! 오빠!
퍽
콰직
소리 내면 네 오빠 죽는다?
입 안 다물어?
콰직
퍽
퍽
콰직
역시 나이스하십니다, 형님.

왜요?
나도 쓰레기로
살았지만 너 같은
종자는 처음이다.

킥킥.
내 코가 석 자인데요.
보기 싫으니까
휠체어에 태워.

예.
근데 저거 어디 묶어놓든가
해야 하지 않을까요? 깨어나서 신고하면
귀찮을 것 같은데.

일단 휴대폰부터.

콰직

진짜로 농구였다

연희야! 농구가
너무 재밌어!
패스!
으랴아
타
아
퍽
비켜
쟤네 뭐 하냐

야! 너 뭐야?
왜 그러는데?

놔! 놔!
여기까지다.

뭐가 미친놈아!

연희한테 가야 되는데
유라를 넘겨주지 않으면 못 가.

무슨 소리 하는 거야?
너까지
다치게 하고 싶지
않으니까 가라고!

난 못 하니까 누굴
데리고 와서 막으라고!

!

경찰은 안 돼.

그러면…

내가 잡히면
연희한테 못 가니까.

너… 여기 꼼짝 말고
있어야 돼. 알겠어?
어디 가?

금방 올게! 아니,
누구 보낼게!

지잉잉

여보세요.
혀아! 혀아!

뭐야? 너 목소리 왜 이래?
도와줘. 유라가… 유라가 푸른이한테 잡혔어.

그런데 무슨 일 날 것 같단 말이야.

혁아! 내가 지금 지도 보냈거든?
너 오토바이 타면 금방…
안 해.
뭐?

이제 그런 거 안 한다고.
절대… 절대 안 싸워.
혁아. 유라가…

나랑 무슨 상관이야.
경찰에 신고해.

안 돼. 푸른이가…
누구한테 가야 하는데…
아 씨. 설명하려면 긴데 하여튼
안 되는 사정이 있어!

어쨌든 난 안 간다.

삑

가거라.

맞니?
아니에요. 전 그냥…
어머니 말씀대로 그냥
싸움질이나 한…
그럼…!
어머니?
그렇다면…

이제부터 만들어다오.

어머니.
의사 선생님 불러드릴…

!

내가 후를 너무 몰랐어.
후가 부딪혀 깨진 세상에 넌 살아서
계속 부딪히고 있다는 걸…
몰랐어.

가는 게 옳은 일이지?

네?

가는 게 옳은 일이지?

네. 어머니.
그럼 가거라. 가서…

투둑
둑
둑
둑
촤아아
비 오나?
아아아…
빨래. 빨래.

띠리리리

뭐? 이냔아. 나 바빠.

언니… 언니…
도와줘…

촤아아
뭐야? 너 왜 그래?

혁이… 혁이한테… 말했는데
안 한대… 언니… 언니가 좀…
울지 말고 똑바로 말해!
부아앙
촤아악
부아아앙

아, 이걸로 안 되겠지?
밧줄 찾아올까요?
야… 이거
은근히 까다롭네요.
번개탄을
피울 수도 없고.
어…?
빙고.
빨리 가자. 늦었다.

끼익

상대 뭐 하냐?

집에 있습니다.

너 40분 후에 경찰에 신고 좀 해라. 그러면 너 벌 안 받지 않을까?

예? 무슨 신고요?

일단 폰으로 지도 하나 보낼게. 간단히 이야기하면 백푸른한테 누가 잡혀 있어서 구하러 가.

우와… 백푸른…!

60

됐어. 아무도 끼어들지 마.
이번엔 누구도 휘말리게
하지 않을 테니까.
형님! 백푸른이 서북고연
운영진 다 발라요. 그래서 유인해서
다굴 친 거거든요.

그것도 뒤에서 머리 까서
그렇지 제대로 했으면 백푸른한테
다 졌을 거예요.
갑자기 뭔 소리야?

형님이
백푸른 잡으면…
?

형님. 투신 되는 겁니다.
제가 소문 다 낼 겁니다.
투신이요! 투신!

오그라든다.
신고나 똑바로 해.
부웅

빡
빡
빡
빡

야. 성용아.

뭐? 야야… 나 지금
불구속 입건 상태인데
여기서 또 싸우면
나 완전 끝나.

변호사 써준다니까?
너한테 돈 쓴다고.
하아… 이게 지금
잘하는 짓인지 모르겠다.

하기 싫어?
됐어. 그럼.
그냥 경찰에 신고를 해.

자세한 건 나도 모르겠는데
지금 신고하면 안 된대.
신고하면 위험해진다잖아!
하아… 그래도
신고하는 게 제일 깔끔…

됐어!

야, 한솔아.
여보세요? 여보세요?
에이. 모르겠다.
내가 지금 누굴 도와?

급한 전화라서.
응. 한솔아. 응?
야! 떼라! 떼!
어… 안 되겠다. 안 그래도 서희 달래느라고 개고생했어. 겨우 달래놨는데 아무래도 안 될 것 같아.
후우…
어쩔 수 없잖아. 이번엔 진짜 안 돼.

언니… 어떡해…
미안해.
아무도 못 도와준대.
그냥 내가 갈게.
안 돼… 백푸른
괴물이란 말이야…
어떡해. 어떡해…
내가 간다니까!
울지 말고 기다려!
미안해. 유라야. 아무도…
아무도 안 온대…

너… 정말 왜 그래? 풀어줘… 제발.

너…?

그럼 나한테 유라 넘겨.
넌 연희한테 가.
안 돼. 그러면 연희 수술 못 해.
유라를 넘기고 난 연희한테 간다.
내가 할 수 있는 건 그것뿐이야.
난 무조건 그럴 거니까
막을 수 있으면 막아봐.
대체 무슨 소리인지…

그래?

그럼…

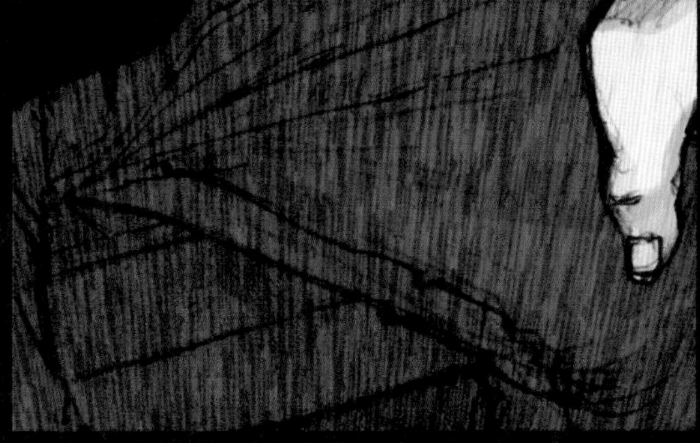

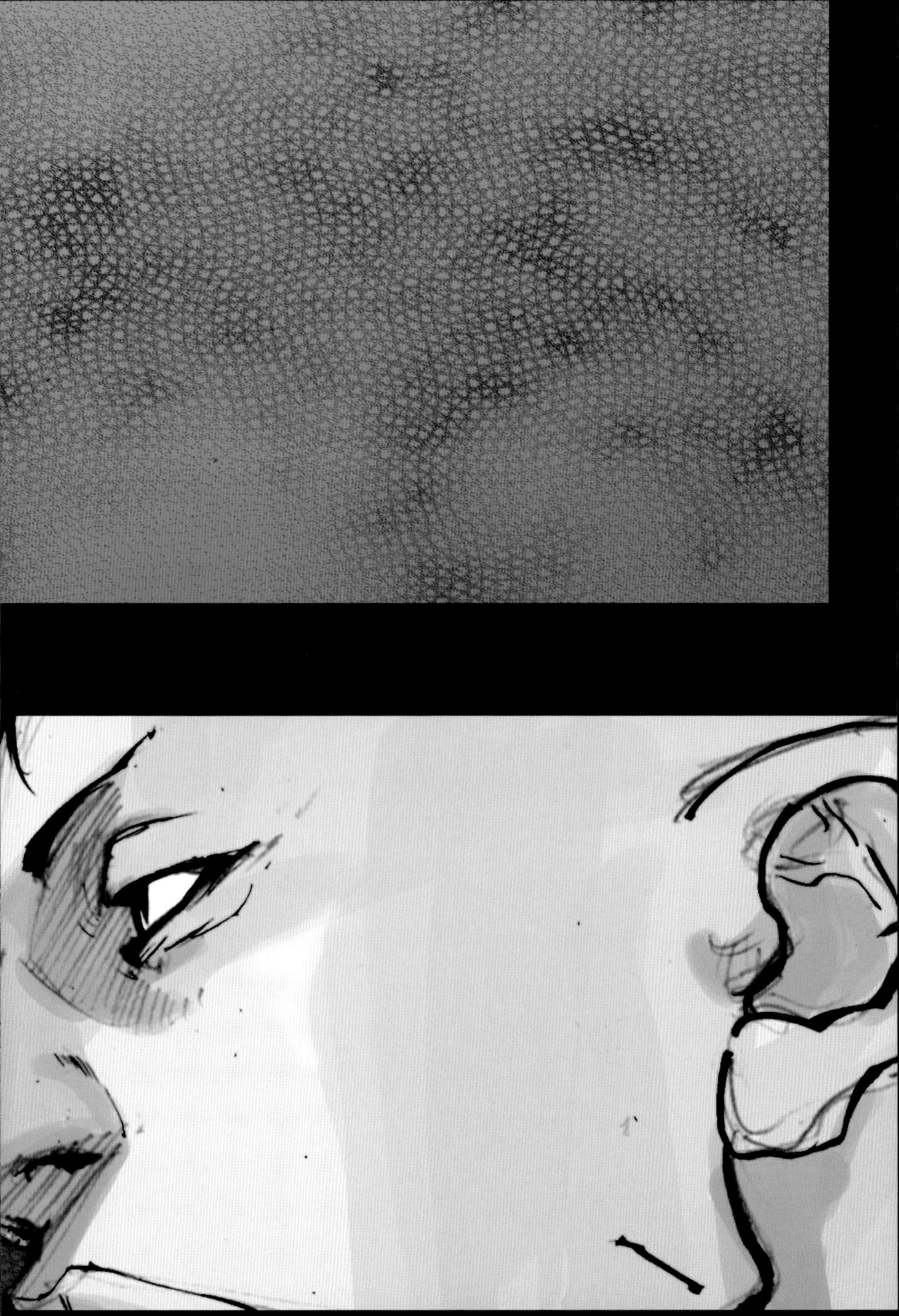

솔직히
네가 하는 말 이해 못 했는데
그냥 우리 둘이 유라 보내주고
연희 구하러 가면 안 돼?

그러면
수술 못 한다고
했잖아!

SIZE
!

차아악

주먹이 거의 안 들어간다.
몸이 드럼통 같아.

누구 전화야?
어머니 전화인데
이모가 교통사고 나서
병원에 입원하셨다네.

병문안 가자는데 내가 너랑
공부해야 한다고 안 간다고 했어.
잘했지?
미쳤어?

왜?
어머니가 날 어떻게
생각하겠냐고? 빨리 가!

그, 그래도 될까?

가.

아, 알았어. 그럼…

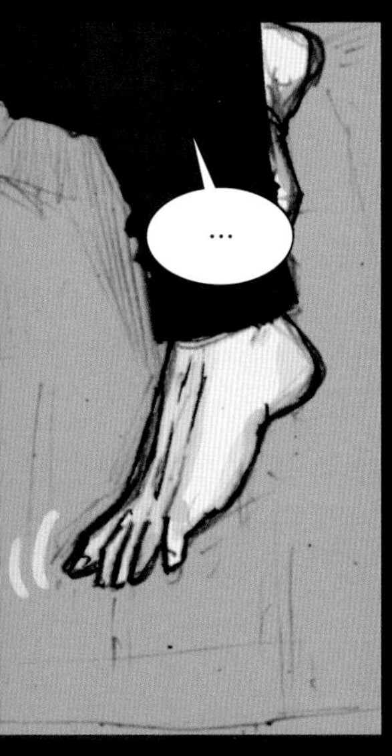
…

…

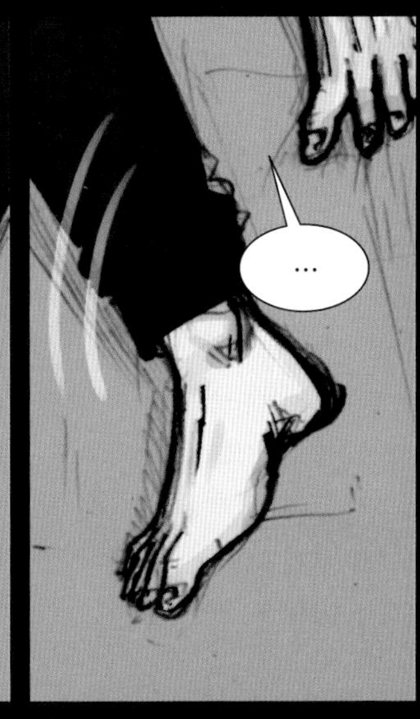
…

…

아! 진짜!

부아앙
부아앙

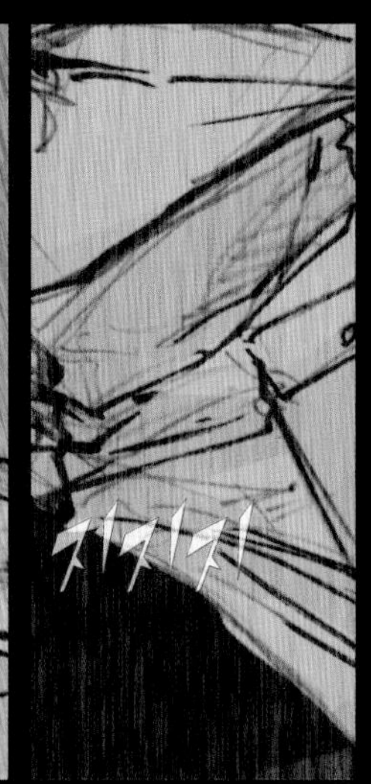
지지직

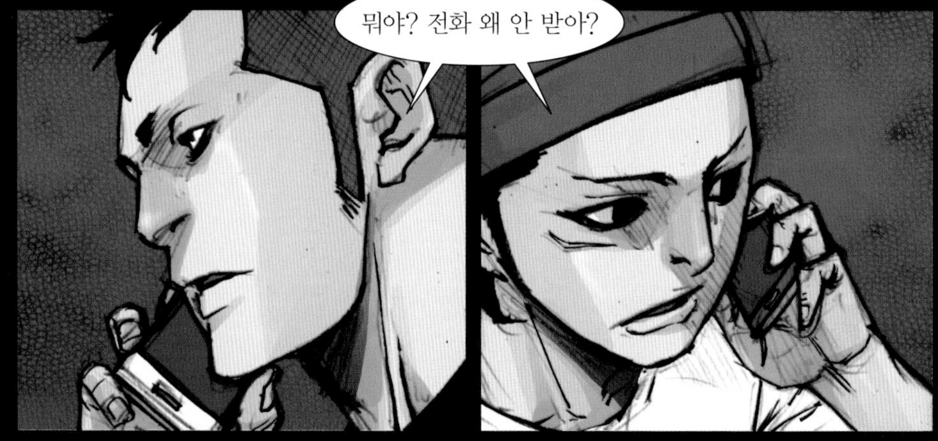
뭐야? 전화 왜 안 받아?

콰직

이야아!

비 와서 공도 취소됐는데
뭐 재미있는 거 없나?
할 것도 없는데
밥이나 먹으러 가자.
네 손에 들려 있잖아.
이게 밥이냐? 과자지!
과자가 밥이랑 같아?

그건 인마 밥에
대한 모욕이고…
띠리리리
응? 여보세요?
형님 저 기억하세요.
상대라고 그때 같이
싸웠는데?

난 나한테 밥 사준
사람만 기억하…
탁
왜? 응? 진짜?
어딘데?

빡
빡
턱
콱

?
쾅
비틀
쾅

쉬익
콰직

야! 어디야?
언니?
어디냐고?
빨리 말해!

분명 제대로
들어갔는데…

타격이 없다. 인간이 아니라
곰하고 싸우는 것 같잖아.

으라앗!
Super

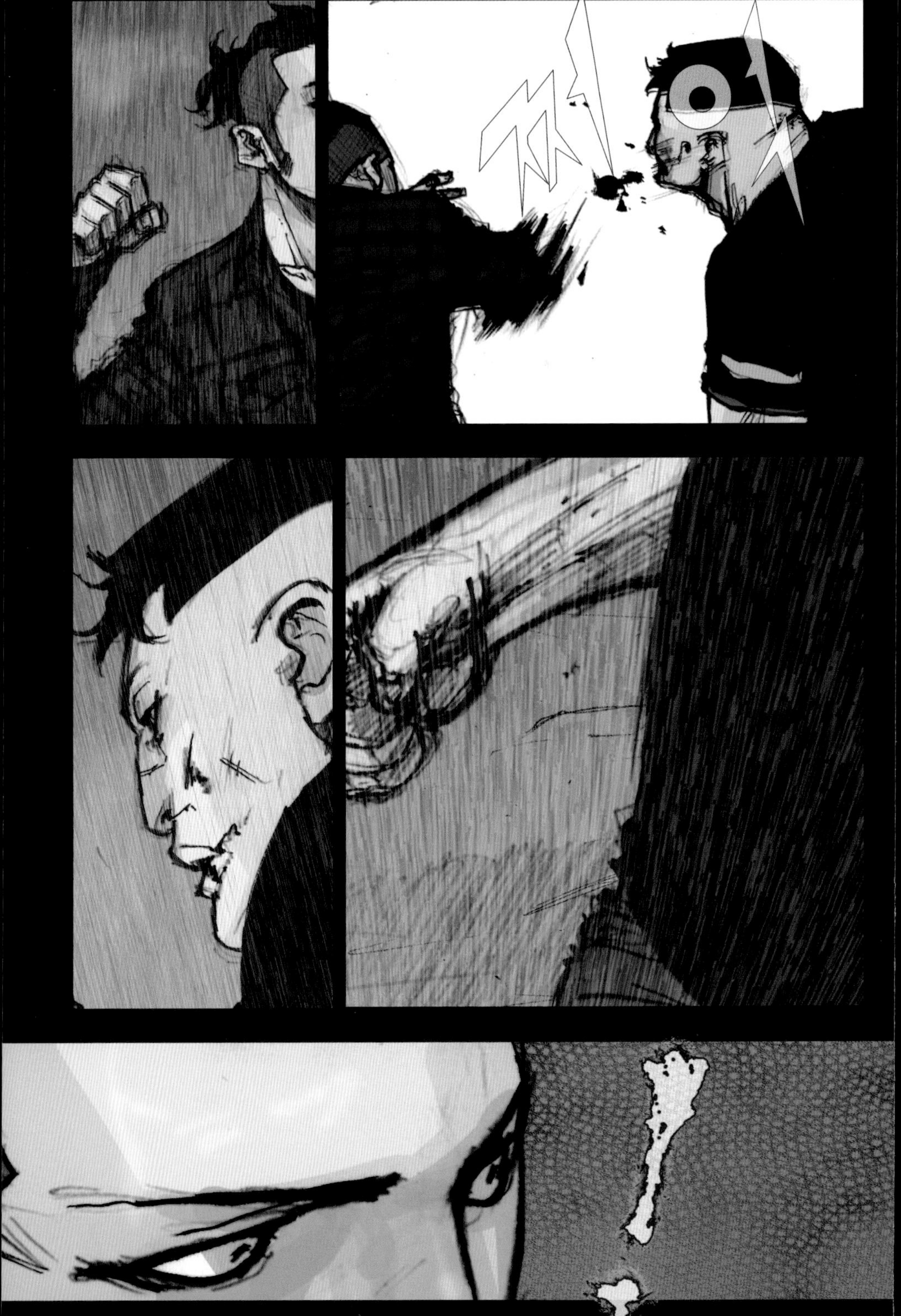

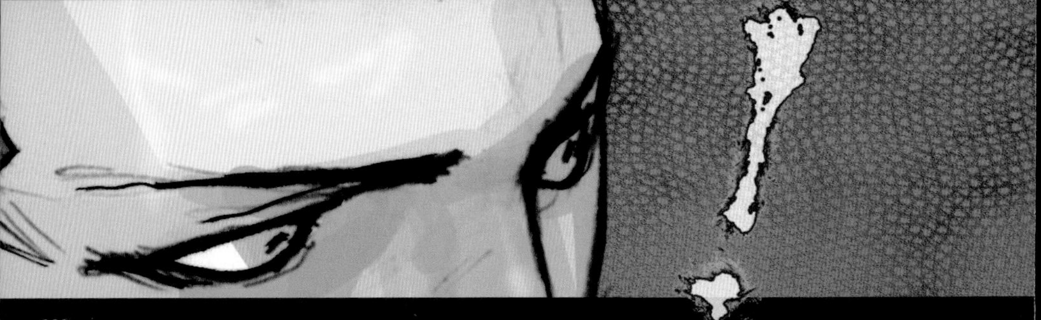

카직

팟
!

끄으으으...

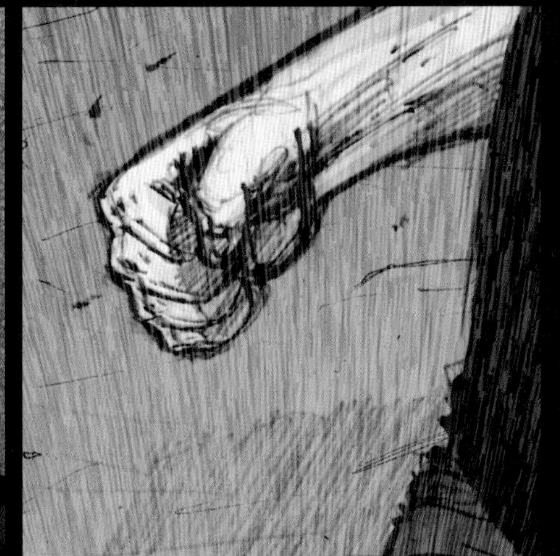

콰직
콰직
Super Size

컥.

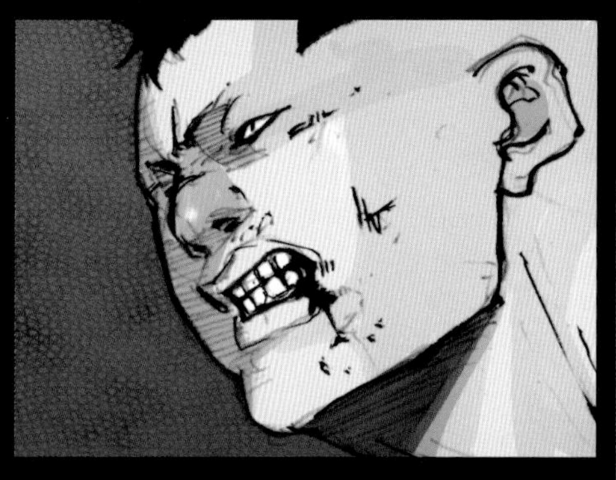

큭.

쾅
콰직

부웅

부웅

턱

콰직

큭.
비틀
으라아!
부웅

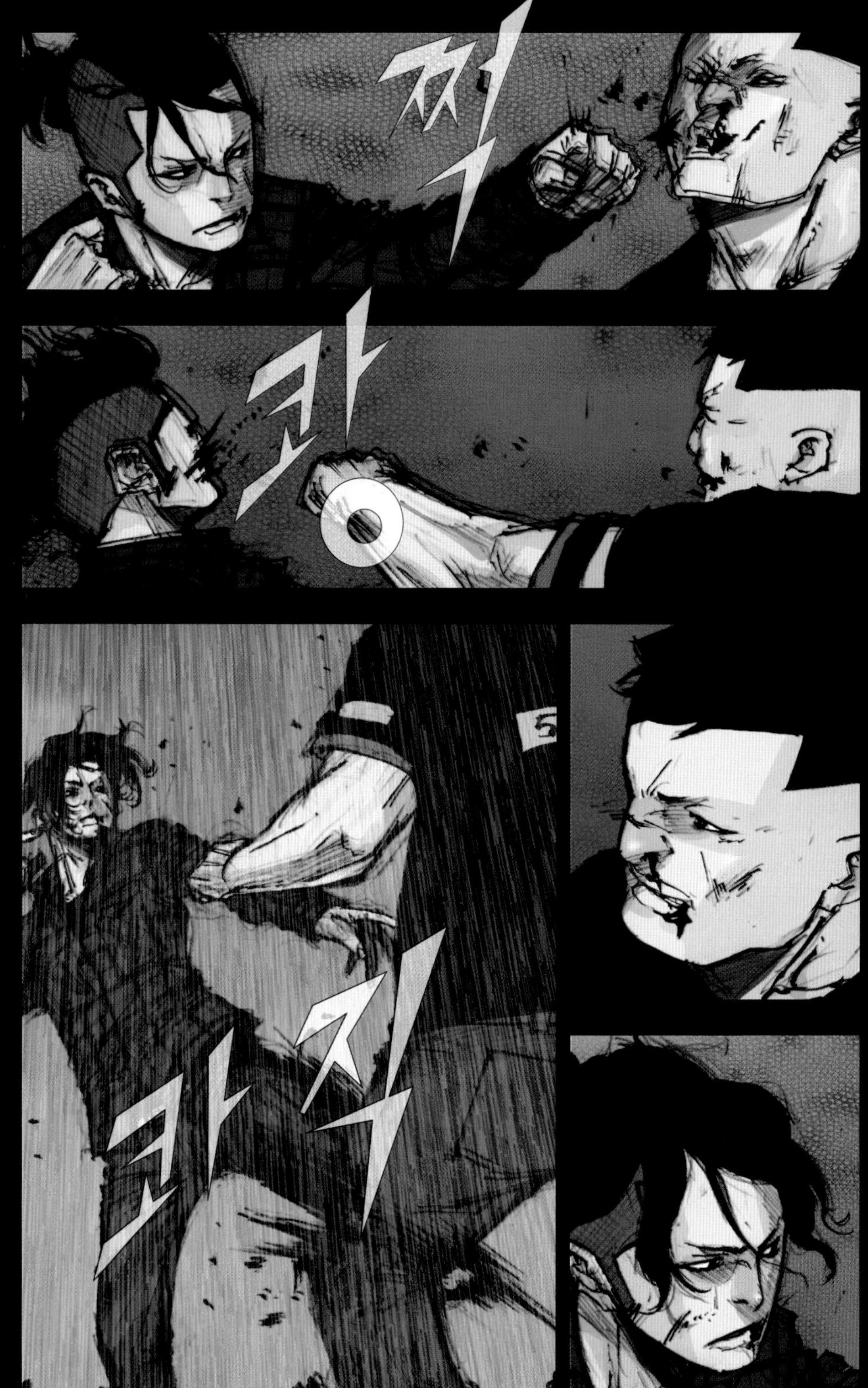
찍
캇
카직

뭐야? 아무도
안 온다더니 혁이 왔네?
언…니.

콰
ㅇ

나 온 것도
모르고 있네.

언니… 어떻게…?
됐고 가자.

두 사람은
내버려둬요?

알 게 뭐야. 지금은
너만 데려가면 되는 거지.
가자.

어…? 어떻게?

내가 이겼다.
뭐어?

그걸 믿어?
깜짝이야.
어떻게 된 거야?

혁이랑 현실 개싸움 중.

어? 안 온다고 했는데…

이제 유라 데리고 가라.
난 경찰에 신고할 테니.
고… 고맙습니다.
됐고 가.
이것들이 언제
전화질 한 거야?

쾅

쾅

콰앙

콰앙
빡
콰직
빡
콰직
콰직
빡
으아아아아!!
콰앙

올 필요 없어.
나 경찰에 신고할 테니까.
여긴 다 해결됐어.

뭐 어떻게?

자꾸 맞으니까
데미지가 들어온다.
빨리 끝내야 되는데…

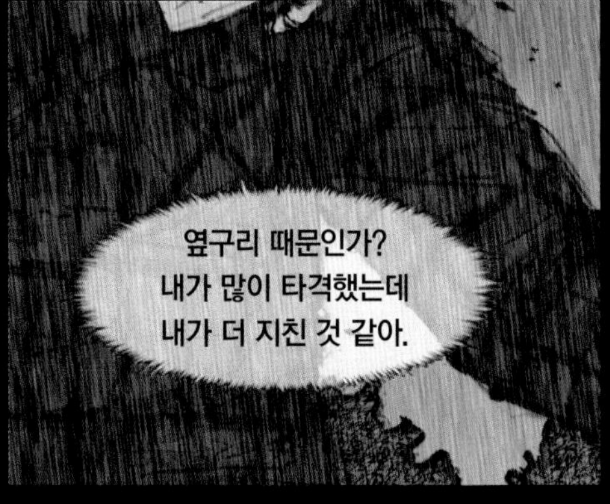
옆구리 때문인가?
내가 많이 타격했는데
내가 더 지친 것 같아.

일단 간다.

방법이 없잖아. 간다.

파
삭
이야아아아!!

부웅
쾅

부웅

덕

콱

컥!

비틀

콰앙
콰앙

여어. 노가다.
CiCo 당구장

MENU
야야. 천천히 먹어.
안 뺏어.

어쩐 일이냐?
너 복학 언제 할 거야? 별로 다치지도 않았는데 휴학이 넘 긴 거 아냐?
돈 벌어야 한다고 했잖아.
이번에 서북고연이 개편이 돼.
서북고연?
부산에서 전학 온 1학년 이정우 중심으로 만들어진 건데 걘 이런 모임에 원래 관심도 없고 지가 만든 것도 아니거든. 그래서 학교 퇴학당하면서 완전히 손 뗀대.

근데?
서북고연 1기 운영진들도 이정우 중심으로 모여 있던 친목 단체여서 이정우 따라서 다 물러나고 서북고연도 해체한대.
그래서?
뭐 그건 그 자식들 생각이고 내가 서북고연 먹으려고.
완전히 모임 개편할 거고 이제 돈 거둬서 나누자고.
...
그러면 노가다 뛰는 것보다 훨씬 더 많은 돈 만질 수 있을 거야.
훨씬 더?
그래. 그러니까 복학해. 서북고연 우리가 다 먹자고.
...

난 금방 졸업해. 내년에 네가
회장 해서 돈 다 먹어.

연희 눈 수술 시켜줘야지.

뭐지?

빡
크아아
Super 5

촤아악
음.
이야아!

박
찍
콰앙
콰앙

이제.
카
카
그만하자.

쓰러져. 쓰러지란…

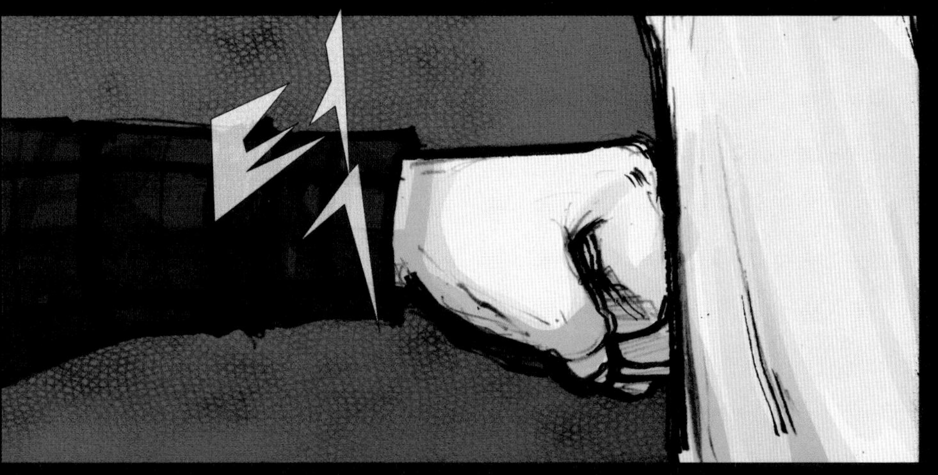
턱

!

콱

너…?

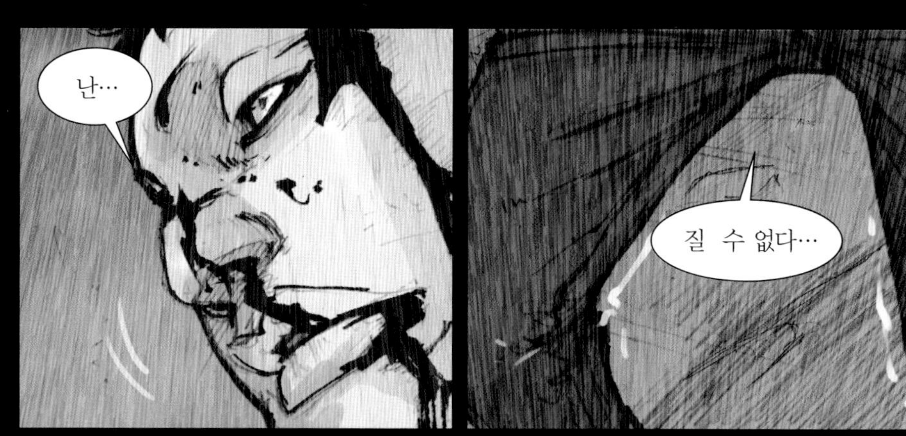
난…
질 수 없다…

눈이 풀렸어. 이 녀석 위험해.
빨리 끝내줘야 하는데.
절대!

으라아아!

콰앙

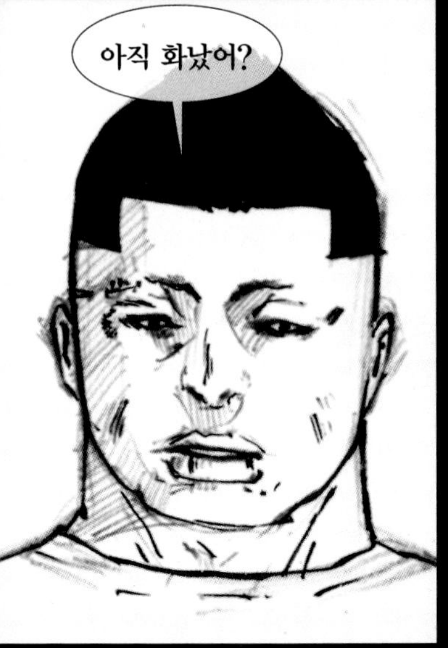
아직 화났어?

…

미안해.
또 싸우고 눈두덩이
그 모양으로 오기만 해봐.

그래.

으휴… 진짜.

얼굴.
스윽
스윽
혹시 보여?
안 보이는데 어떻게
이렇게 슥슥 하는 거야?
이걸로 보는 거지.
손이 눈이라고. 근데.
응?

오빠 맨날 그렇게
싸우면 안 아파?

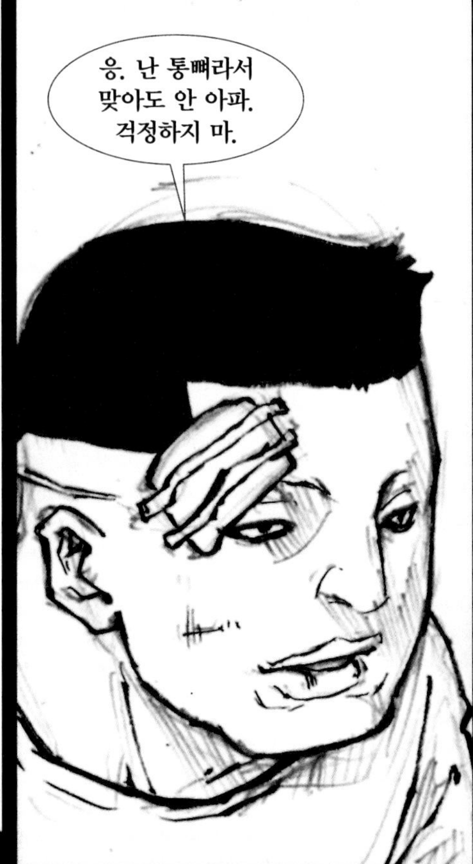
응. 난 통뼈라서
맞아도 안 아파.
걱정하지 마.

아팠어… 사실은…

언제나 아팠어. 연희야.
하지만 널 위해서라면…

쓰러져라. 제발. 제발
여기서 그만해.

널 위해서라면…

으아아아아!

SuperSize

부웅

끝내.

끝내라고. 저 녀석 지금
제정신 아니야.

서 있지만 쓰러진 거야.
카운트 날리고 끝내.
뭐야? 유라 구해 간 지가
언젠데 아직도 싸우고 있어?

묶인 거 내가 풀어서 데리고 갔어.
박광민 형사님한테 다이렉트로 신고했으니까
빨리 사라지는 게 좋을걸?
푸른아.

백푸른!
유라가 사라졌어!

어디로 가야 하는지 말해줘.
우리가 가서 해결할게!

연희… 연…

읏!

왜 저래?
내가 다리를 공격했어.

내가… 내가
가야 하는데… 내가…
5ㄴ
좀 있으면 경찰 올 거야.
어디 가지 말고 여기 있어.
내가 형사님한테
이야기해놓을게.

내가… 내가… 내가…

쿵

대박… 형님. 형님이 이겼어요.
백푸른을 넘겼다고요.
그게 중요한 게 아냐.

연희 이름
중얼거린 거 아냐?

연희?
보육원 봉사 갔었잖아!
형국이 형한테 연락하자.
형국이 형이 알 거야.

제길!

전화 안 받는데?
뭐지?

진짜 무슨 일
생긴 거 아닌가?

보육원에 전화해봐.

우우… 읍.
확

왜 이렇게 안 와?

오지 마. 절대…

절대 오면 안 돼.

원장님!
원장님!

방금 형국 학생을 찾는
전화가 왔는데 무슨 일 있는 거지요?
형국 학생.

여보세요?
형. 나 본환이. 혹시
연희랑 같이 있어?

너희 어디야?

형국 학생.
예?

경찰에 신고하면 됩니다.
연희는 시각장애인이라 만일의
경우를 대비해 위치정보 앱을
깔아뒀으니까요.

지금… 확인할 수 있습니까?

여보세요?
여보세요? 어. 형. 어디?
우리가 있는 데서 거기 좀 먼데?
응. 응. 알았어.

뭐래?

원장님이 경찰에
신고할 건데 그냥 기다릴 수는 없으니
형국 형도 간대. 장소는…

너 입건 중이니까
절대 싸우지는 말고 경찰 올 때까지
무슨 일 생기지 않도록 막기만 하면 돼.
알겠지? 장소는 문자로 보낼 테니까.
오케이. 오케이.

우리도 가자.

푸른이는?

우리가
경찰 올 때까지 지킬게요.
에? 난 싸우는 거 구경…

그래. 너희가 지켜. 내가 확 당길 테니까 혁이 넌 내 뒤에서 따라와.

무브! 무브! 고! 고!

야. 너도 들었지?
뭐가?

나한테 부탁한대.
씨발. 투신 갓혁님이 나한테
부탁을 한다잖냐!
미친놈.

부웅

아직 기다리고 있겠죠?
이거 출발도 늦었는데
비가 와서 너무 늦었네.

지가 어딜 가?
약점을 잡힌 놈은
아무 데도 못 가.

어? 저기… 저거
백푸른 아닙니까?
응?

연희… 연희…

저 새끼. 왜 저기 있지?
여기서 담글까요?

미친놈아. 여기
우리만 있냐?
붙어.
여어. 백푸른. 어디 가?
연희… 를…
018 가2963

연희…를… 연희를…

최유라는?
연희를… 연희를…

아… 저 새끼.

연희?
연희한테 태워줄까?

고맙습니다.

어디로 가야 하니?

전화 안 받아요.
안 오는 거다.
그 자식 안 오는 거야!

야 이 개새끼야.
저거 잡으면 백푸른 온다며?
어떻게 된 거야?
콱
오… 올 거예요.
안 올 리가… 안 올 리가 없…
부아앙
!

것 봐요. 온다고 했잖아요.

근데 와서 우리 또 깨고
저것도 데리고 가면 어떡해?

만일의 경우를 대비해서.
말만 해요.

인원별로 들고 왔으니까.

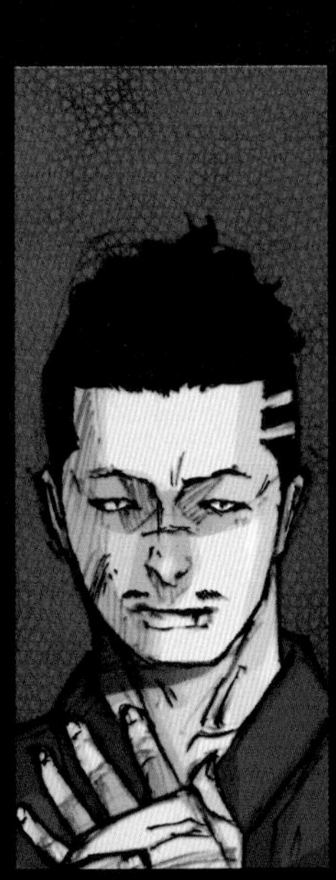

어이구. 양아치 새끼.

끼익
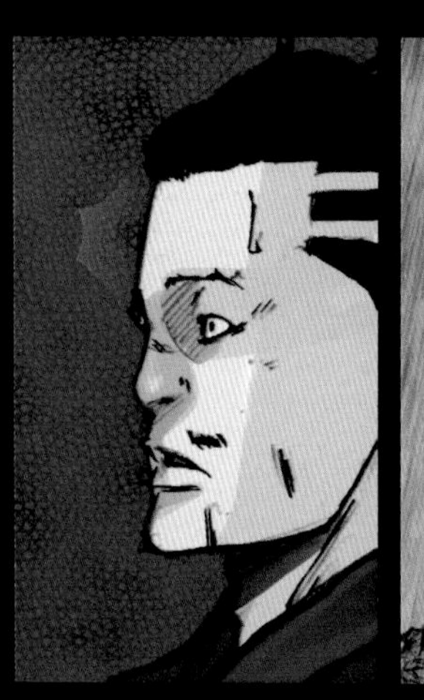

응?

?

야. 경찰 올 거니까
엉뚱한 짓 하지 마라.
경찰 올 때까지 너희 딱
잡아두고 있을 테니까.

뭐?

야. 칼 줘봐.

패싸움할 때 왔던
녀석들이지?

움직여봐.
애 어떻게 되나.

앗!

부웅

여긴 사람 없는데요?
CCTV는?

없는데요?

그지? 이 자식 가는 쪽이 인적 드물 줄 알았어.

찻길 끊어졌습니다.
끼익

여기서부터는 걸어가거나 오토바이로 가야 할 것 같은데요?

힘들게 우리가 왜 가니?

여기도 자살 장소로 적당하네.

확
읍!
꽉

꽉 잡아! 꽉!

근데 형님 최유라는요?
그건 나중에 생각해!

야. 끝까지
양아치처럼 굴 거야?

양아치 맞아.

딱

엇!

야아앗!

칼? 귀찮네.

짜증 나네. 진짜.

뭐야?

나 지금 주먹질하면 안 되니까
얌전히 좀 있어줄래?

개소리를 하고 있어!

내가 사실 진짜 강하거든. 근데
선출이라 마음대로 싸우지를 못해.
도와주면 고맙겠다.

아아아아… 아아…

아아아아아… 아악…

응? 도와줄 거지?

으아아아아아!

쾅
찌익

퍼억

연희한테 가야…

이런 개새…

푸우

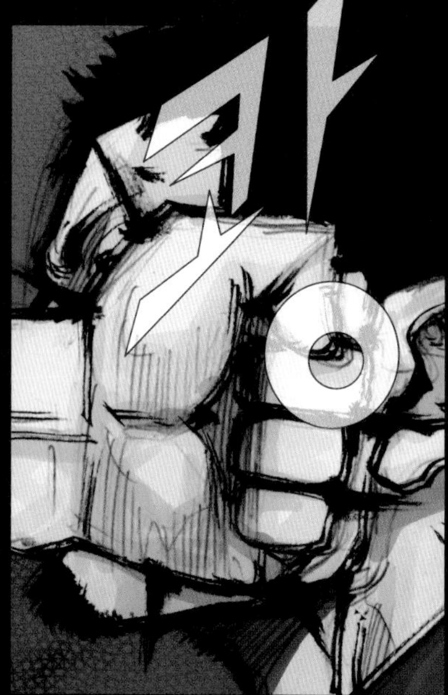
캉

연희…
비틀

연희…

으아아아아아…
그만! 그만!

끄으으으…

쿨럭… 컥…

콰직!

야, 근데 한 명 어디 갔냐?
어? 그새 도망쳤나 본데?

철컥

철컥
철컥
철컥

개같이 꼬이네. 썅.

응?

힘 내! 조금 더!
최선을
다하고 있어요!

와! 돌로 머리를
몇 방을 깠는데
안 뒈지냐?

됐다! 됐다!
조금만 더.

열심히 하자!

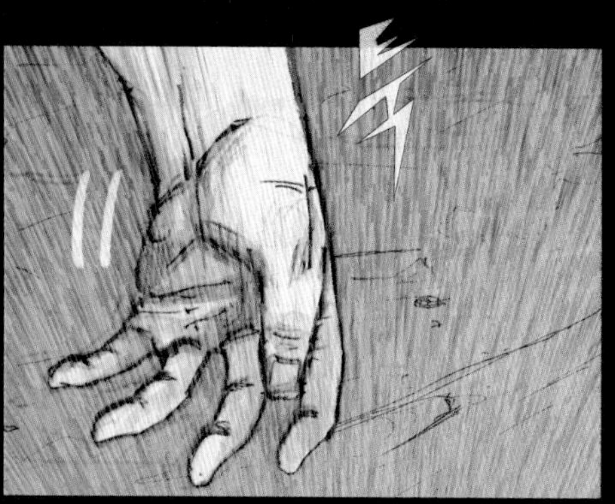

무슨 소리야?
여기 누구 있어?

뭐야?

오빠! 어디 있어!

잡아!

!

콰앙
Size.
콰
콰앙

저벅
저벅
연희…
아악. 내 허리.
오… 오지 마.
턱
쿵

가까이 오지 마!
가까이 오면…

끅.
Super Size
저벅 저벅

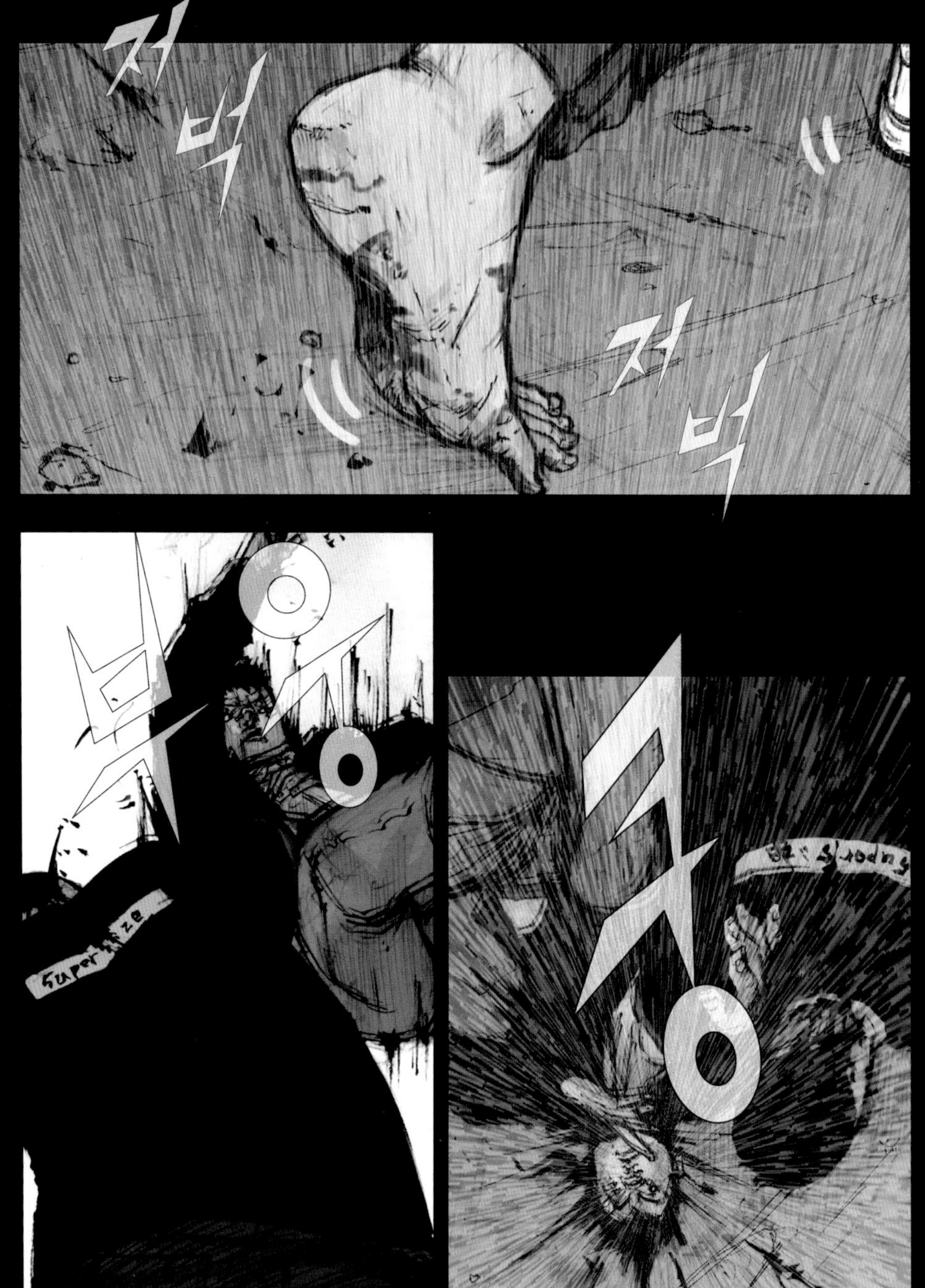
저벅
저벅
부웅
쿵

끄으으으...

크으으으...
드득
드득

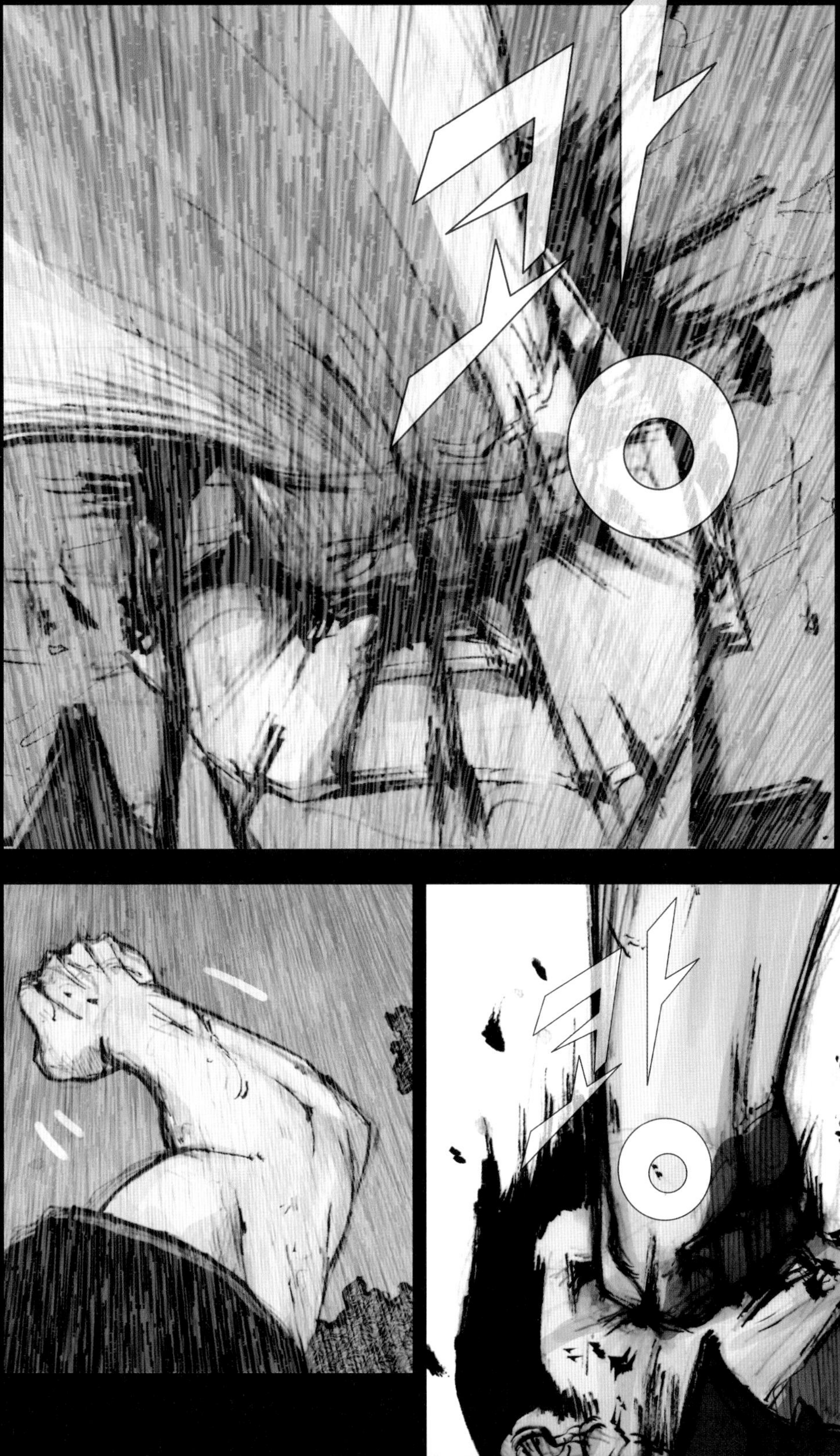

콰앙

콰앙

콰앙

콰앙

콰앙

콰앙

콰앙

하지 마! 하지 마!
오빠!

uper5ize
안 돼… 싸우지 마. 절대.
연…희야…
비틀

쿵

오빠 어디 있어?

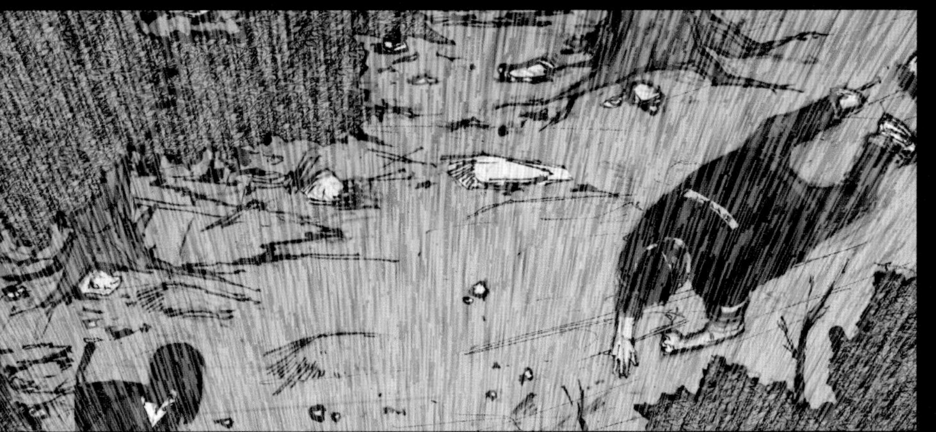

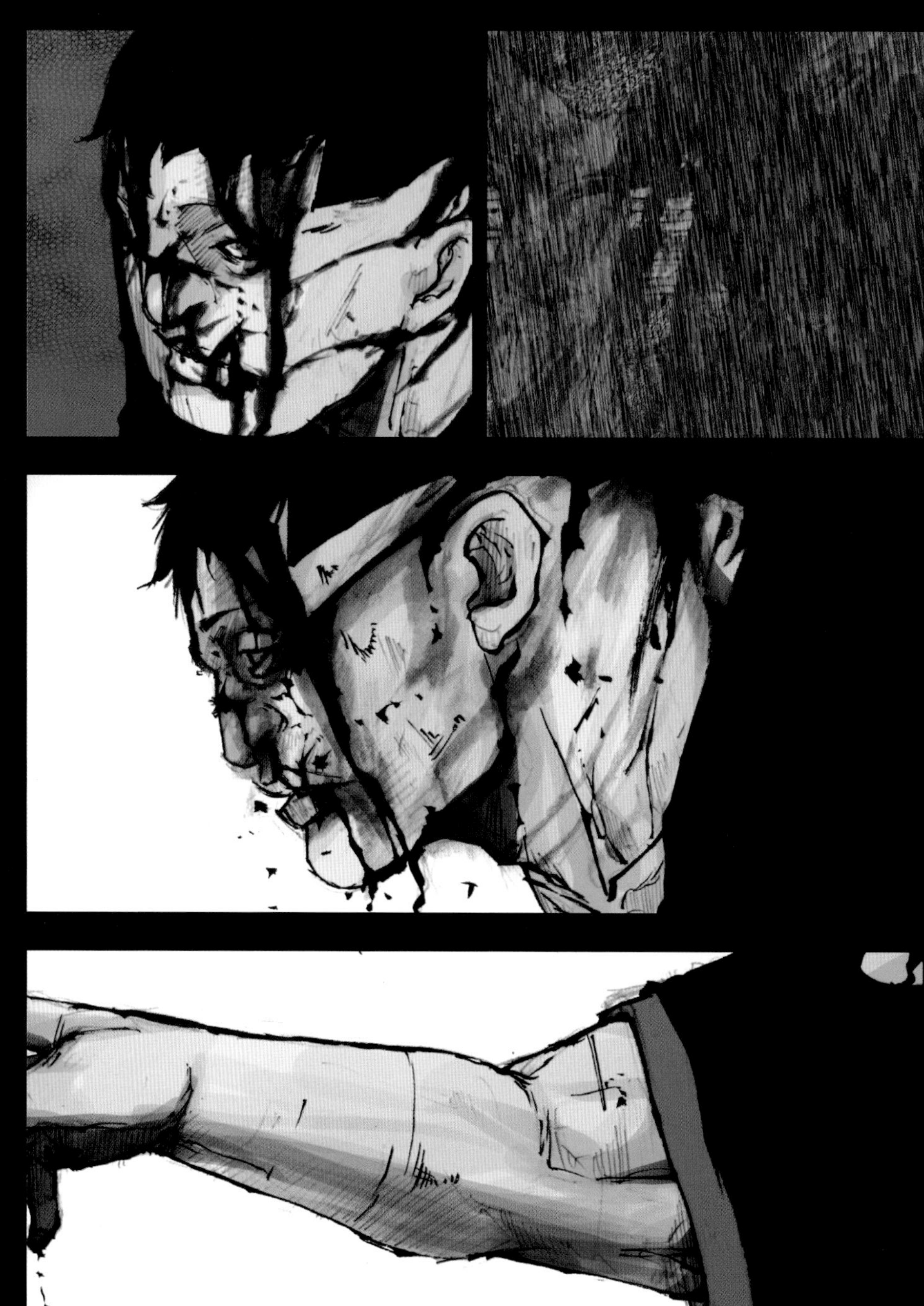

손이…

눈이라고.

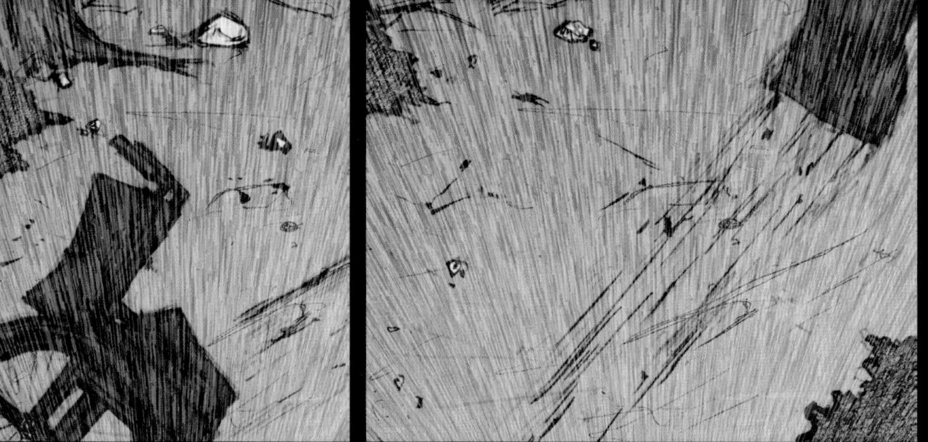

미안… 미안…해…

힘들어하지 마.
올바르게 살려고 했잖아. 그런데…
그런데도 오빠를 나쁜 사람으로만
취급하는 사람들이 더 나빠!

나랑 같이 돌아가자.
돌아가서 다시 시작해.
이번엔 진짜진짜. 응?
그래… 그래… 네 말대로…
네 말대로 할…

쾅

으아아아아아
양아치 새끼가!
촤아아

10대들이 학교 연합 폭력 서클을
결성하고 체계적으로 학생들의 금품을 갈취한
소식을 전해드린 적이 있죠. 이번엔 불구속 기간을
이용해 인질극을 펼친 소식입니다.

이번에 전모가 밝혀지면서
서북고연과 싸운 네 쪽 애들은
표창 받을 거야.

단순한 싸움이 아니라
용기 있게 맞선 게 인정되는
분위기야.
태진이는요?

태진이는 좀 복잡하지만 이번에
반민찬 잡은 게 연희 구하려고 그런 거잖아.
정상참작 여지가 많아. 검사님도
상황에 대해 이해하고 있고.

민사에서 좀 걸리는 게
있긴 한데 믿는 구석이
있나 보더라고.

백푸른은…
안됐지만 뇌진탕에 출혈이
너무 많아서…
박형국한테
소식 들었습니다.

어머니 치료
받고 계시지?
네. 이제 열심히
받고 계세요.
아휴… 좀만 일찍
마음을 잡으시지. 친구놈이
걱정이 태산이야.

예. 그래도 조금
마음이 놓여요.
아 참, 너 영장 나왔어?
예. 연기하려고요.

걱정하지 마.
너 같은 녀석은 면제야.
너 말고 중환자를 돌볼 수가
없으면 면제될 거야.
요즘 군대 못 가면
신의 아들 아니면 진짜
하층민이라던데…

하층민은 무슨.
가만 있자… 그리고 또.
?

이태성 잡으러 가자.

예?

살인을 교사했어. 증거도 있고.
통화 녹음 파일이 있더라고.
어…
딴 놈은 몰라도
그놈 잡는 건 꼭 너한테
보여주고 싶다. 가자.

예.

근데 이야기할 곳이…
그래그래. 여기밖에 없었어. 가자. 가.

취조실

진열아… 너까지
날 버리는 거냐?
버리는 게 아니라 너무
확실한 게 나와서 어쩔 수가 없잖아.
꼰대가 더 극성이야.
그러면 나도 너
약 한 거 불어버릴까?
야야. 나도 변호사 많거든?
집행유예로 나올 거라더라.
너 나중에 밖에 나왔을 때
그래도 너한테 일자리 줄 사람은
나밖에 없을 텐데?
나 건드리고
네 미래가 어떨 거 같아?
…

아 참, 너 얼굴책 봐라.
최유라가 얼굴 까고
기자회견 한다.

!

더 이상 익명 속에
숨어 있지 않겠습니다.

모든 것을 밝히겠습니다.

삑

딩
동
이태성 씨. 경찰입니다!
!

하아…
체포 영장 가져왔어요?

그럼요. 위계에 의한 간음,
살인교사 혐의로 이태성 씨 체포합니다.
변호사 선임하실 수 있고요.
묵비권을 행사할 수 있고…
불리한 진술은
거부할 수 있다.

나도 압니다.
그런데 위계에 의한 간음?
화간에 그런 거 갖다
붙이면 안 되지.

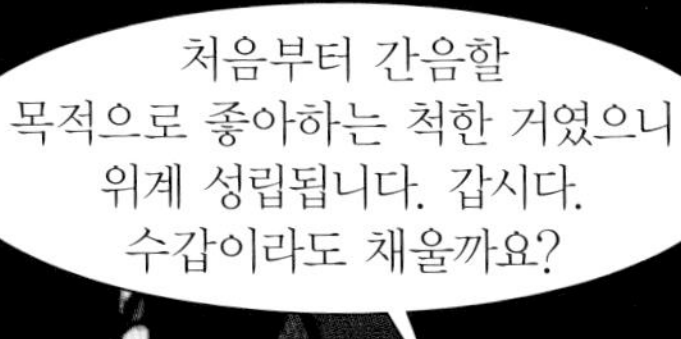

처음부터 간음할
목적으로 좋아하는 척한 거였으니
위계 성립됩니다. 갑시다.
수갑이라도 채울까요?

옷 좀 챙깁시다.

어때? 통쾌해?
내가 몇 년 살다
나올 것 같아?

…?

이태성 씨.
…
한 가지 가르쳐줘? 너 같은 게
잡혀 들어가면 징역 10년이야.
근데 내가 들어가면…
간음 그건 집행유예고
살인교사는 좀 걸리네. 그래봤자
2년? 3년? 독방에서 천천히 독서나 하고
나와서 봉사활동 몇 번 나가고
이미지 바꾼 후에 난 다시
내 인생을 살 수 있지.

무슨 소리를
하고 싶은 건데?
실수하지 말고 살아.
넌 실수 하나 하는 순간 바닥으로
떨어져서 절대 올라오지 못해.
넌 나와 태생이 다르니까.
마치 백푸른처럼.
...
한 대 쳐라.

뭐?

꼴같잖아서 못 들어주겠네.

한 대 쳐.

지금 순순히
경찰서에 가겠다는 사람한테
폭행을 사주하는 겁니까?

여기서 때리는 건…

그럼 복도에서 때려?
복도에 CCTV 있어. 안 돼.
여긴 없잖아.

비공식적으로는요?

농담으로라도… 절대 말하지 마.

이 미친!
저벅 저벅
이 새끼들아!
경찰에 정식으로
문제 제기…
조선 시대면
백정 같은 것들이 감히 나한테!
퍽

민중의 지팡이가… 이래도…

퍼억
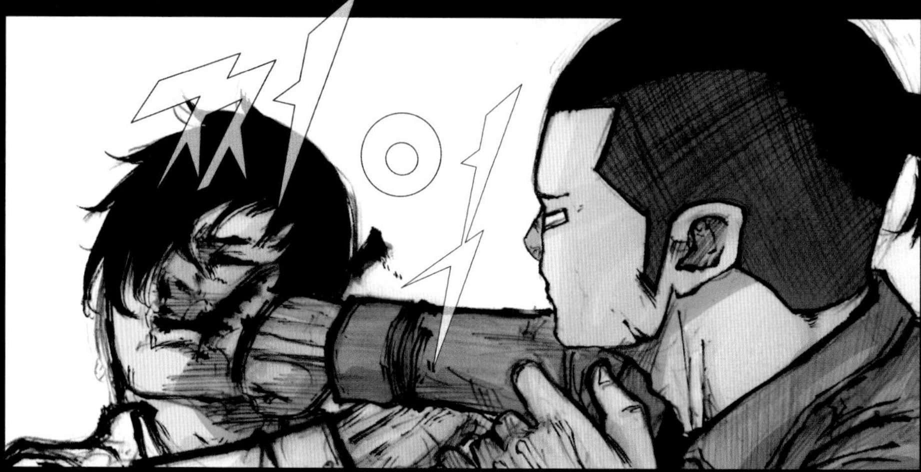
찌익

우당탕
그만! 그만!
좋아. 여기까진 불문에
붙여주겠다. 한 번은 봐주지.
하지만 여기서
더 나가면 차라리 죽는 게 나았다
싶을 정도의 대가를…

백정한테 맞아봐.
선비 나리.

어찌 된 일인지 이태성은
그 부분에서 사실을 말하지 않았다.

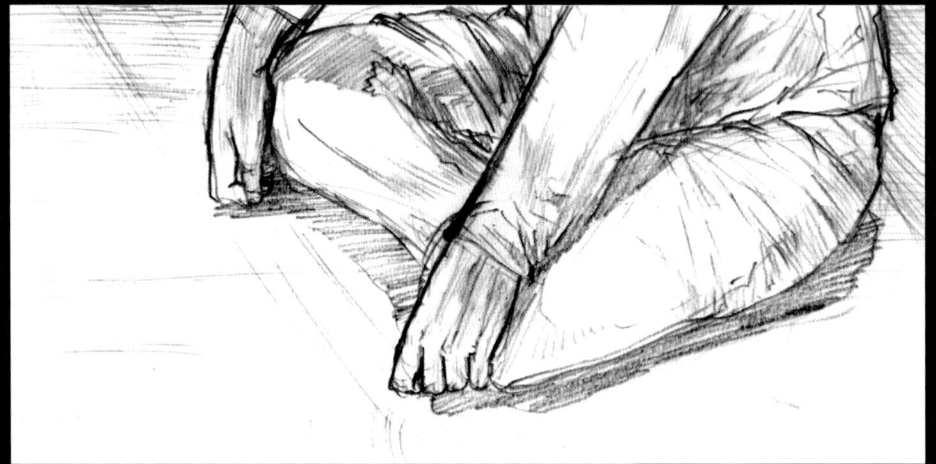

법을 잘 아는 이태성은
사실에 대해 공방을 펼치기보다
깊이 반성하는 자세를 선택했다.

며칠만 신세 지자. 미안.

세운이는 집에서 쫓겨났다.

종일이는 연락이 뜸하다.
대학생이니까 뭐.

태진이는 뭘 하는지 모르겠다.

연희는 형국과 내가 간간이 돌본다.

고마워.

오빠.

하지만…

epilogue

1

한솔이 집으로 들어간 후 태진은 생활고에 시달리고 있었다. 법적 문제는 모두 해결되었지만 직장을 구하기가 쉽지 않았다. 위협적인 덩치에 폭력 전과를 가진 사내에게 일을 주는 사람은 없었다. 견디다 못한 태진이 집으로 전화를 하면 동생 태민이 욕을 하기 일쑤였다.

"야. 네가 형이냐? 너 때문에 우리 집안 합의금 물어준다고 망하게 했으면 정신 차리고 살아야 할 거 아냐? 또 손을 벌려? 얼마나 집구석 망하게 해야 정신 차릴 건데? 응?"

태진은 친구를 만나기도 어려웠다. 친구를 만날 돈이 없었고 친구를 만날 자신이 없었다. 그저 어떻게 배를 채울지 고민하다가 무료 급식소를 기웃거리기도 했다. 월세가 계속 밀리자 집주인은 방을 빼라고 했고 태진은 결국 방을 뺐다. 보조금에서 월세를 제하다 보니 손에 남은 돈은 4만 6천 원이 전부였다. 그 돈과 옷가지 몇 점과 아직은 살아 있는 핸드폰과 필요한 짐들을 챙겨 태진은 길거리로 나왔다.

그리고……

내일은 좀 더 낫기를 바라며 태진은 노숙을 시작했다.

2

혁은 군대 면제 판정을 받았고 어머니는 뒤늦게 의지를 불태웠지만 3개월이 지난 어느 날 결국 세상을 떠났다. 어머니의 장례식에 태진은 오지 않았다. 혁은 가족을 잃었다. 세운이 엉겨 붙어 같이 살고 있었지만 문득문득 떠오르는 가족이 그리웠다. 혁은 혼자 방에 앉아 종종 울었고, 울고 나면 다시 마음을 다잡곤 했다. 그렇게 마음을 굳게 하고 나면 어디선가 세운이 나타나 혁의 눈가에 있는 눈물을 보고 손가락질하기 일쑤였다.

"또 울었냐? 이거 세상에 알려야 돼. 투신은 무슨."

그래도 이 녀석이 있어서 다행이다.

세운이 없었다면…?

글쎄? 한강은 참으로 깊고 물살이 빠르다고 한다.

3

재욱이 군대에 간 후 본환은 공도에서 지기 시작했고 결국 좀도둑질을 하다가 경찰서에 들락거리기 시작했다. 상대는 용감한 시민상을 받고 기천고에서 스타가 되었다. 성적이 나쁜 상대는 용감한 시민상으로 수시에 합격했다. 성용은 현덕고에 진학해 못다 한 학업을 하기로 했다.

4

슬기는 머리를 기르기 시작했다. 유라는 법정에서 이태성과 싸우고 있다.

5

푸른의 사망 원인은 무거운 돌로 여러 차례 머리를 맞아 생긴 두개골 함몰과 그로 인한 출혈 때문이었다. 푸른이 연희를 해치는 줄 알고 푸른을 가격했던 경찰은 뒤늦게 사정을 알고 연희의 수술비를 보탰다. 경찰은 혹시 자신이 푸른을 가격한 것이 사인이 아닐까라고 생각했지만 그건 아니라고 했다. 부검의는 이미 그전에 죽었어야 했다고 말했다. 또, 부검의는 무엇 때문에 푸른이 그토록 삶을 놓지 않고 버티었던 것인지 궁금하다고 했다.

6

푸른의 사진은 연희의 책상 앞에 놓여 있다. 어린 시절의 구김 없던 푸른의 모습을, 연희는, 푸른이 기증한 각막을 통해, 매일 보았다.

7

종일의 인생은 평탄하다. 서희와는 100일 기념 파티를 했으며, 대학에서 친구들도 활발하게 사귀고 있다. 하지만 혁과 태진과는 점점 거리가 멀어지는 것 같다. 종일은 혁을 만나서 이야기를 할 때 대화가 되지 않는다고 생각하기 시작했다. 학점과 소개팅, 학과 수업을 이야기하는 종일과 먹고사는 이야기를 하는 혁이었다. 혁도 종일과 대화가 이어지지 않는다고 생각했다. 혁은 종일의 삶을 응원하며 조용히 거리를 두기 시작했다.

그리고…

THE NATURA

하… 죽겠네. 진짜.

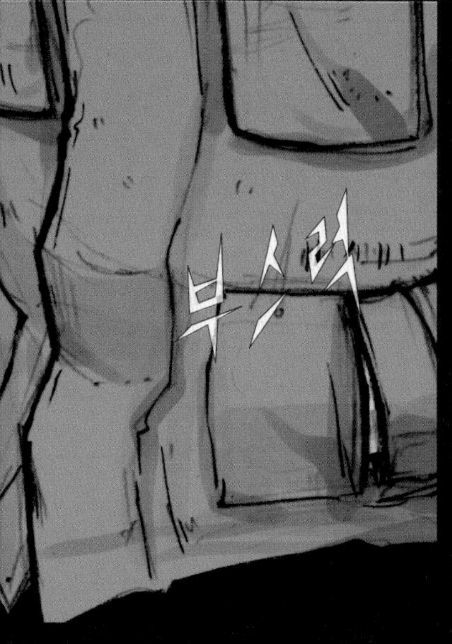
부스럭

태윤실업
泰輪
영업주임
- 심 상 윤 -
010-XXXX-8765
sysim@bmail.com

작가의 말

간밤에 비가 쏟아지더니 부산엔 벌써 벚꽃이 피고 있습니다.

저는 《블러드 레인2—천외천》을 작업 중이고

다음 주에 있을 강연 준비로 부산합니다.

일을 하고 일을 또 하며 하루하루 그렇게 채워나갑니다.

그러다 문득 돌아보니,

또 하나의 작품이 나왔습니다.

2019년 3월 어느 날. 부산에서 Meen

뭔가 수집한다는 건 참 재미있고 보람찬 일 같습니다.

저는 예전에 건프라를 수집하다가

최근 들어 에어조던1 시리즈 운동화를 수집하고 있습니다.

근데 이거 부피가 커서 보관도 어렵고,

작업실에서 작업하는 시간이 대부분이다 보니

신어볼 일도 잘 없네요.

역시 수집 중에 최고의 수집은 만화책 수집입니다.

이 만화가 연재, 출판되도록 힘써주신 모든 분께 감사드립니다.

속물 백승훈 올림

故 유승호
故 유승호

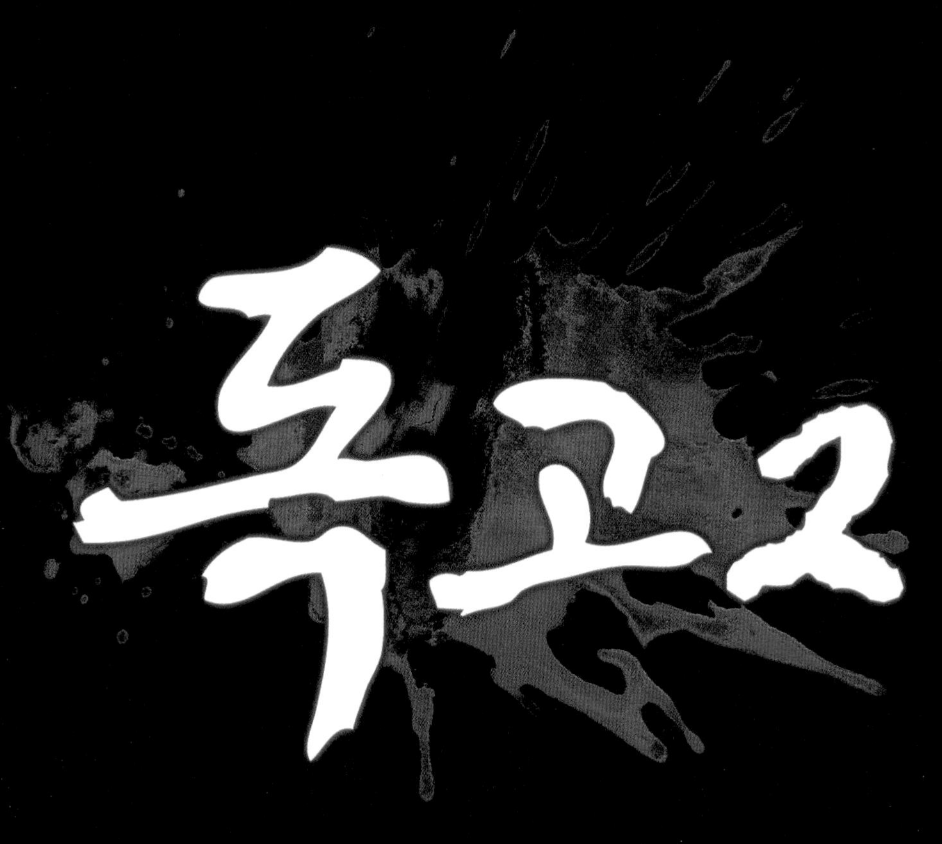
독고2

독고2 5

초판 1쇄 인쇄 2019년 6월 27일
초판 1쇄 발행 2019년 7월 15일

지은이 민 백승훈
펴낸이 김분식 최민석
편집 이수민 김현진 박예나 김소정 윤예솔
디자인 손현주
편집디자인 김철
제작 제이오

펴낸곳 (주)해피북스투유
출판등록 2016년 12월 12일 제2016-000343호
주소 서울시 성북구 종암로 63, 4층(종암동)
전화 02)336-1203
팩스 02)336-1209

ISBN 979-11-88200-83-2 (04810)
979-11-88200-78-8 (세트)